saeco
cannondale
Herzlich
willkommen!
RAPID
JOCHEN RINDT
ATOMIC
mono ceram
adidas
ARBO
Bank Austria
DrinkVit
SCOTT
Lattella

RAINER PARIASEK
CLAUS SCHÖNHOFER

EINGEFÄDELT

ÖSTERREICHS BESTE SPORTANEKDOTEN

UEBERREUTER

ISBN 978-3-8000-7225-5

Covergestaltung: Kurt Hamtil, Verlagsbüro Wien
Coverfoto: Robert Ghement / EPA / picturedesk.com (Bild Thomas Muster); Milenko Badzic / First Look / picturedesk.com (Bild Rainer Pariasek)

Gedruckt in Österreich

7 6 5 4 3 2 1

Ueberreuter im Internet: www.ueberreuter.at

INHALT

I VORWORT

Seit 1985 darf ich nun bereits meinen geliebten Job als Sportreporter ausüben. Begonnen habe ich bei der Austria Presse Agentur, kam dann über die Zeitung „Die Presse“ zum ORF-Radio und schließlich zum Fernsehen. Klar, dass ich im Lauf von über zwei Jahrzehnten einiges gehört und miterlebt habe: Siege und Niederlagen, Triumphe und Tragödien, Ernstes und Lustiges. Vor allem die Sachen zum Lachen werden gerne immer wieder zum Besten gegeben.

Als der Wunsch an mich herangetragen wurde, ob ich nicht die zahlreichen Anekdoten sammeln und zu Papier bringen könne, habe ich gerne zugesagt und gemeinsam mit meinem Co-Autor Claus Schönhofer die spaßigsten G'schichterln zusammengetragen.

Dabei herausgekommen ist „Eingefädelt“: Amüsantes aus einem halben Jahrhundert österreichischer Sportgeschichte, von und mit Toni Sailer, Hans Orsolics, Hans Krankl und Herbert Prohaska, Thomas Muster, Hermann Maier und vielen weiteren Stars.

Am Ende des Buches finden sich auch einige Hoppalas, die mir passiert sind – jawohl, auch die hat es gegeben!

In diesem Sinne: viel Vergnügen beim Lesen wünscht

Rainer Pariasek

EIN NACHWORT ZUM VORWORT

Im Gegensatz zu Rainer Pariasek hatte ich nie so viele direkte Kontakte zu berühmten Sportlern. Ich erinnere mich an vier Begegnungen: Einmal trank ich mit Fritz Strobl vier oder fünf Bier im Hotel meiner Ex-Schwippschwägerin, die gleichzeitig seine Schwippschwippschwägerin war. Ich glaube, es war sehr lustig. Wir haben uns ein paar Jahre später getroffen und waren fest der Meinung, dass wir es damals sehr lustig gehabt haben müssen.

Mit meinem Freund und Arbeitskollegen Armin Assinger hatte ich ungefähr zehnmal ausgemacht, gemeinsam Schi fahren zu gehen. Wir waren dann ungefähr zehnmal nicht gemeinsam Schi fahren.

Als Jungspund-Journalist wurde ich von meinem Chefredakteur auserkoren, einen Bericht über die Präsentation eines Formel-irgendwas-Autos zu machen. Ich bin damals extra nach Tirol angereist, wo der Sponsor zu Hause war. Der war eine Plattenfirma für Volks- oder Schlagermusik. Die Pressekonferenz war eher zäh. Ich glaube, ich war der Einzige, der wegen des vor dem Studio postierten Formel-irgendwas-Rennwagens da war. Während die Mikrofone und Kugelschreiber im Presseraum zum Thema Musik heiß liefen, ging ich draußen vierundzwanzigmal um den Monoposto herum. Außer mir war da nur ein anderer junger Bursch, der offenbar genauso wenig wusste, warum er hier war. Wir haben dann aus Verlegenheit belangloses Zeug geredet. Es war nett. Ich bin dann ohne Story heimgefahren. In den Arsch könnte ich mir heute noch beißen. Denn der vernachlässigte Tiroler Bursch hieß Gerhard Berger.

Und dann gab es noch die abenteuerliche Fahrt mit Franz Wittmann, nachzulesen im Kapitel „Räder und PS" in diesem Buch.

Auch ich wünsche Ihnen noch viel Spaß beim Lesen

Claus Schönhofer

BÄLLE

I ERNST HAPPEL

HAPPEL GEGEN ZEMAN

1954 vor der Fußball-WM in der Schweiz gab es ein Testspiel für die National-Elf gegen Wacker Innsbruck. Gegen Ende der zweiten Halbzeit führten die Teamkicker mit 12:0! Ernst Happel als Verteidiger und Walter Zeman im Tor waren unterbeschäftigt bis zur völligen Beschäftigungslosigkeit.
Happel war so fad, dass er zu Mittelfeldspieler Ernst Ocwirk rief: „Geh, hau her die Kugel!“ Ocwirk dachte sich nichts dabei und tat wie geheißen. Er spielte einen sauberen Pass nach hinten zu Happel. Der nahm den Pass an, drehte sich um und donnerte den Ball vom Sechzehner in Richtung eigenes Tor. Ein Prachtschuss, ein Pracht-Goal. Der Ball ging von der Innenstange ins Netz und Zeman war zuerst völlig baff und dann fuchsteufelswild. Was sollte das, dass der eigene Spieler voller Absicht ein Eigentor schoss? Zeman brüllte Happel an: „Du Trottel! Wenn ich wollen hätt, hätt ich den Ball mit dem Kappel g'fangen!“
Happel konterte: „Ich sag dir jetzt eins. Sei froh, dass i di net am Schädel troffen hab, sonst wärst tot umg'fallen!“
Das Publikum fand die Einlage belustigend, der Schiedsrichter nicht. Für Happels Showeinlage gab es die Gelbe Karte wegen Unsportlichkeit.

FOLGENSCHWERER NACHTAUSFLUG

Fußball-WM 1958 in Schweden. Das erste Spiel gegen Brasilien hat Österreich 0:3 verloren. Auch wenn eine Niederlage gegen die Ballkünstler von der Copacabana keine Schande ist, war der Frust in der Mannschaft doch merkbar.
Vor der zweiten Partie gegen die UdSSR war Fortgehen am Abend natürlich nicht erlaubt. Zu viel stand auf dem Spiel.
Damit keiner die frühe Gitterbettsperre durchbrach, patrouillierten die Trainer auf dem Gang. Der damalige Teamspieler Ernst Happel verlor seinen Kampf gegen den Lagerkoller und wollte unbedingt noch eine Tour durch die umliegenden Nachtlokale unternehmen. Da ein Verlassen des Hotels auf normalem Wege nicht möglich war, wählte er

Trotz nächtlicher Ausflüge topfit: Ernst Happel (links) nimmt den Engländer Lofthouse (Mitte) gemeinsam mit seinem Teamkollegen Röckl während eines Länderspiels im Wembley-Stadion 1951 in die Zange.

die Flucht durchs Fenster. Allerdings befand sich sein Zimmer in einem der oberen Stockwerke. An Springen war nicht zu denken. Kurz entschlossen knotete Happel einige Leintücher zu einem Strick zusammen und seilte sich gemeinsam mit zwei Kollegen vorsichtig ab.

Im selben Moment fuhr ein VW-Käfer vor, in dem Journalisten-Legende Heribert Meisel nonstop von Wien nach Uddevalla in Schweden angereist kam. Er stieg aus und beobachtete die Szene, ohne sich zu erkennen zu geben. Hilfsbereit hielt er den dreien das Leintuch-Seil. Die bedankten sich höflich und verschwanden in Richtung Abendunterhaltung.

Am nächsten Tag titelte der *Kurier* mit dem Ausreißversuch von Happel und seinen Kumpanen. Auf die fällige Standpauke brauchte Ernst Happel aber gar nicht so lange zu warten. Als er nämlich gegen drei Uhr in der Früh ganz leise im Finstern in sein Zimmer zurückschlich, traf ihn fast der Schlag. Plötzlich ging das Licht an und im Fauteuil saß ein vor Zorn bebender Teamchef Pepi Argauer: „Wo kommst du her?“, herrschte er den vor Schreck leichenblassen Happel an. „Äh, Trainer, i woa spazieren.“ Eine bessere Ausrede fiel ihm nicht ein.

„Wenn du einmal Trainer wirst“, tobte Argauer weiter, „wünsch ich dir solche Spieler, wie du einer bist!“
Der Zorn des Trainers verrauchte leider nicht schnell genug, denn er verbannte Happel beim Spiel gegen die Russen, der sein 50. Länderspieleinsatz gewesen wäre, zur Strafe zum Zuschauen. Ein möglicherweise großer Fehler. Die UdSSR führte mit 1:0. Dann kam die große Chance: Elfmeter für Österreich. Happel wäre Elfer-Schütze Nummer 1 gewesen. So aber traute sich niemand, den vielleicht alles entscheidenden Penalty zu treten. Jeder schob die verantwortungsvolle Aufgabe an den Nächsten, bis schließlich der damals erst 17-jährige Hans Buzek gegen die Torhüterlegende Lew Iwanowitsch Jaschin antreten musste. Buzek lief an, schoss, Jaschin hielt. Österreich verlor 0:2.

- **ERNST HAPPEL**
  Fußballspieler und -trainer, geboren am 29. November 1925 in Wien, gestorben 14. November 1992 in Innsbruck.
- **ERFOLGE ALS SPIELER:**
  1 x Zentropapokal 1951
  6 x Österreichischer Meister
  1 x Österreichischer Cupsieger 1946
  51 Länderspiele und 5 Tore für die österreichische Fußballnationalmannschaft zwischen 1948 und 1958
- **ERFOLGE ALS TRAINER:**
  1 x Weltpokalsieger 1970 (Feyenoord)
  2 x Europapokalsieger 1970 (CM, Feyenoord), 1983 (CM, Hamburger SV)
  2 x Niederländischer Meister (Feyenoord)
  3 x Belgischer Meister (FC Brügge)
  2 x Deutscher Meister (Hamburger SV)
  2 x Österreichischer Meister (FC Tirol)
  2 x Niederländischer Pokalsieger
  2 x Belgischer Cupsieger
  1 x Deutscher Pokalsieger
  1 x Österreichischer Cupsieger u. v. m. ...

„Wenn ich einem bestimmten Mann nachlaufe, dann bin ich kein Fußballer, da bin ich ein Esel ...“
(ÖFB-Teamchef Ernst Happel machte im Jahr 1992 kein Geheimnis daraus, was er von „Manndeckern“ hielt.)

HERBERT PROHASKA

BORDKARTE FÜR DIE AIR CONDOM

Herbert Prohaska spielte damals für Inter Mailand, Hans Krankl für FC Barcelona. Auf dem Frankfurter Flughafen im Transitbereich trafen sich die beiden Fußballstars, um gemeinsam nach Helsinki zu einem WM-Qualifikationsspiel der Österreichischen Nationalmannschaft weiterzufliegen.

Nach dem Check-in beschlossen die beiden Freunde, vor dem Boarding auf einen Kaffee zu gehen. Zuvor musste Herbert Prohaska noch kurz aufs Klo. Das befand sich unweit vom Check-in, und Krankl sollte die paar Minuten warten. Schneckerl hatte, aus Mailand kommend, mehrere der typisch italienischen großformatigen Zeitungen bei sich. Doch anstatt sie Krankl zu geben, klemmte er sie zusammengerollt unter den Arm und macht sich auf den Weg.

Auf der Toilette wollte Prohaska beide Hände frei haben, deshalb legte er *Gazzetta dello Sport* & Co. auf die einzige freie Ablagefläche: einen Kondom-Automaten.

Schwupps – rollten sich die Sportzeitungen auf und fielen zu Boden. Nicht ohne vorher die mit eingerollte Bordkarte in hohem Bogen auszuspucken.

Wie ein Blatt im Wind flatterte die Karte durch die Luft, und Herbert musste wie erstarrt zusehen, wie sie in einem Spalt zwischen dem Kondom-Automaten und der Wand verschwand. Kurz hoffte der verdutzte Fußballer, dass das wertvolle Stück Papier unten wieder rausrutschte. Doch nach „Cordoba" und dem „Spitz von Izmir" waren die Wunder offenbar verbraucht. Die Karte steckte unerreichbar hinter dem Automaten für frivole Freuden.

Herbert gab dem Kasten einen aufmunternden Klaps, so nach dem Motto: „Geh, komm, mach keinen Blödsinn!"

Nichts geschah.

Er versuchte eine härtere Gangart, doch die Karte blieb verschwunden. Dem Fußball-Profi war nicht mehr zum Spaßen zumute und er musste sich sehr beherrschen, den Kondom-Spender nicht mit einem knallharten Spitz von der Wand zu schießen. Aber er rüttelte und schüttelte den Blech-Heini mit allen Kräften. In dem Moment kam Krankl herein, um nachzusehen, warum sein Freund so lange wegblieb. Den Kommentar, den er von sich gab, als er Prohaska sah, kann man sich vorstellen!

Die Zeit zum Abflug drängte, und so ging Schneckerl zu der Dame am Check-in, die ihm vor wenigen Minuten die Bordkarte ausgestellt hatte. Er bat sie um eine neue, weil ihm die andere auf der Toilette hinter den Automaten gefallen sei.
Um welchen Automaten es sich da handelte, wollte sie wissen. Prohaska war das alles sehr peinlich und er antwortete, es sei so ein Automat, wie man ihn eben auf Herrentoiletten finde.
Die Dame am Schalter meinte bedauernd, sie sei noch nie auf einer Herrentoilette gewesen und wisse daher nicht, wovon er spräche.
„Es ist ja wurscht, was für ein Automat! Auf jeden Fall hat er meine Bordkarte gefressen und ich brauch bitte eine neue."
Wieder bedauerte die Dame, das sei nicht möglich, sie habe sich an ihre Vorschriften zu halten. Ja, sie könne sich an ihn erinnern, und nein, es sei trotzdem nichts zu machen. Er müsse sich ein neues Ticket kaufen. Und sollte die Karte gefunden werden, bekomme er das Geld zurück.
So musste sich Herbert tatsächlich um rund 7.000 Schilling ein neues Ticket ausstellen lassen, um den Flieger nicht zu verpassen.
Das Geld bekam er allerdings in Helsinki refundiert, weil die unerbittliche Dame später doch noch Herz zeigte und zwei Handwerker auf die Herrentoilette schickte, die den Automaten des Anstoßes abmontierten und tatsächlich die verschwundene Bordkarte fanden.
Abschließend sei erwähnt, dass sich Hans Krankl bis Helsinki nicht von seinem Lachkrampf erholt hatte.

DER DOPPELTE DRAZAN

Die Austria befand sich auf einer Mittel- und Südamerika-Tournee in Costa Rica.

Mit dabei war natürlich auch der Schreitl Schurl, ein Austria-Unikum.

Nicht nur nach Flugreisen mit unerwarteten Hindernissen tut ein Bad gut ... Herbert „Schneckerl" Prohaska und Hans Krankl entspannen sich wonnig in der Wanne.

Seit über 35 Jahren arbeitete er für die Austria als Masseur und hatte auf Trainingslagern die Aufgabe, die Spieler in der Früh zu wecken. Dann ging er um halb acht von Zimmer zu Zimmer, pumperte an die Tür, trat ein und weckte die Burschen immer mit demselben Spruch: „Morgen, meine schönen Buam, hoiba ochte is. Acht Uhr Frühstück."

Im Hotel in Costa Rica waren die Entfernungen allerdings zu groß, sein morgendlicher Rundgang hätte zu lange gedauert. Einfachste Lösung: ein telefonischer Weckruf.

Nun war Schurl ein sehr einfacher Mensch und tat sich mit dem Telefonieren an sich schon ein bisschen schwer. Daheim in Österreich waren noch die Wählscheibenapparate üblich, in Costa Rica musste er erstmals ein Tastentelefon bedienen.

Kurzer Einschub: Herbert Prohaska, Fritz Drazan, Erich Obermayer und Ernst Baumeister waren als begeisterte Kartentippler stets bemüht, nebeneinanderliegende Zimmer mit einer Verbindungstür zu beziehen. So konnten sie in einem der Zimmer Karten spielen und in dem anderen Luft schnappen, weil in der Runde auch einige Raucher waren.
So auch im Hotel in Costa Rica.

Schurl Schreitl startete also seine Weckrufkampagne und wählte die Nummer vom Zimmer Prohaska/Drazan. Drazan hob das Telefon ab. Schurl sagte sein übliches Sprüchlein: „Morgen, meine schönen Buam, hoiba ochte is. Acht Uhr Frühstück."
Drazan antwortete höflich: „Danke, Papa", und legte wieder auf.
Eine Minute später läutete das Telefon erneut. Wieder hob Drazan ab. „Morgen, meine schönen Buam, hoiba ochte is. Acht Uhr Frühstück."
Drazan, etwas ungehalten: „Heast, bist du fett schon in der Früh? Du hast ja grad angerufen bei uns!"
Schreitl entschuldigte sich, er habe sich verwählt.
Wieder eine Minute später – wie in einem Witz – läutete es zum dritten Mal.
Drazan hob ab. „Morgen, meine schönen Buam ..."
Drazan ließ Schreitl gar nicht ausreden: „Sag einmal, bist du komplett deppat? Du rufst bei uns schon zum dritten Mal an und weckst uns auf!"
Schreitl kleinlaut: „Jo, i waß net, mit dem Telefondings is irgendwos ..."
Fünf Minuten später pumperte es an der Zimmertür. Drazan öffnete. Draußen stand ein verzweifelter Schreitl in Ruderleiberl und Unterhose: „Des Scheißtelefon geht net oda wos! Und i muaß olle wecken gehen. Hoiba ochte is ..."
Drazan laut: „Du host uns doch scho dreimoi ang'rufen!"
Schreitl kannte sich gar nicht mehr aus, ging zum nächsten Zimmer und klopfte an die Tür von Obermayer/Baumeister.

Drazan war inzwischen durch die Verbindungstür ins Nachbarzimmer gesprintet und öffnete dem perplexen Schreitl die Tür mit den Worten: „Wos wüllst scho wieda do?“ Der völlig fertige Schreitl verstand die Welt nicht mehr, glaubte an Halluzinationen und verzichtete an diesem Tag auf das weitere Wecken.

- **HERBERT PROHASKA**
  Fußballspieler und -trainer, geboren am 8. August 1955 in Wien.
- **ERFOLGE ALS SPIELER:**
  7 x Österreichischer Meister mit FK Austria Wien 1975/76, 1977/78, 1978/79, 1979/80, 1983/84, 1984/85, 1985/86
  4 x Österreichischer Cupsieger mit FK Austria Wien 1973/74, 1976/77, 1979/80, 1985/86
  1 x Italienischer Meister mit AS Roma 1982/83
- **ERFOLGE ALS TRAINER:**
  2 x Österreichischer Meister mit FK Austria Wien 1990/91, 1991/92
  2 x Österreichischer Cupsieger mit FK Austria Wien 1989/90, 1991/92

„Wenn wir so spielen, wie wir singen, werden wir Doppelweltmeister: 1998 und 2002.“
(Herbert Prohaska nach den Aufnahmen zu Österreichs WM-Song 1998.)

„Was soll ich dort? Vielleicht in der Halbzeit den Rasen mähen?“
(Ex-Teamchef Herbert Prohaska im Jahr 2001 über den Wunsch von Frank Stronach, eventuell als Präsident zur Wiener Austria zurückzukehren.)

FRANZ WOHLFAHRT

DAS TOR SAUBER HALTEN

Franz Wohlfahrt zählte zu den besten Tormännern des österreichischen Fußballs. Mit seiner langen Erfolgsliste brauchte er sich kein Blatt vor den Mund zu nehmen, selbst wenn Kritik vom Vereinsbesitzer kam: Frank Stronach wagte es, die Auswurf-Technik seines Tormannes zu bemängeln. In seinem typischen breiten Steirer-American fragte er: „Fraanz, waruum schiaßt du sou wait aus?"
Worauf Wohlfahrt kurz und bündig antwortete: „Frank, weil du so schlechte Feldspieler eingekauft hast. Damit der Ball länger von meinem Tor wegbleibt, muss ich so weit ausschießen!"

WARUM AUSGERECHNET FUSSBALL?

Franz Wohlfahrt war Zeuge eines Dialoges zweier Vereinskollegen bei der Wiener Austria. Andi Ogris lobte die sportlichen Qualitäten von Toni Pfeffer: „Toni, du bist ein genialer Golfer, ein super Schifahrer, ja sogar Schilehrer, ein ausgezeichneter Schwimmer, ein fantastischer Tennisspieler ..."
Pfeffer war mehr als geschmeichelt und genoss das überschwängliche Lob.
Ogris: „... warum, in Herrgottsnamen, spielst du dann ausgerechnet Fußball?"

ZWEI FINGER ZU WENIG

Der legendäre Trainer und Erfinder des Wiener Stadthallenturniers, Josef „Pepi" Argauer, saß einmal auf der Betreuerbank und wollte seinen Burschen deuten, dass sie noch mal so richtig Gas geben sollten, denn das Match dauerte nur noch fünf Minuten. Als Zeichen dafür streckte er seine Hand aus. Da Argauer auf dieser Hand aber zwei Finger fehlten, deutete der italienische Schiedsrichter dies als Beleidigung gegen seine Person. Für Italiener bedeutet das Zeigen von drei Fingern „cornuto", was so viel bedeutet wie „der Gehörnte"! Der Schiedsrichter geriet ob der vermeintlichen Attacke auf seine Männerehre derart in Rage, dass er Argauer verhaften lassen wollte.

- **FRANZ WOHLFAHRT**
  Fußballtorwart, geboren am 1. Juli 1964 in St. Veit an der Glan.
- **ERFOLGE:**
  6 x Österreichischer Meister 1983/84, 1984/85, 1985/86, 1990/91, 1991/92, 1992/93
  4 x Österreichischer Cupsieger 1985/86, 1989/90, 1991/92, 1993/94
  1 x Deutscher Pokalsieger 1996/97
  Spieler des Jahres in Österreich 1993
  Bester Tormann beim österreichischen Hallenfußball 1990/91, 1991/92, 1992/93, 1993/94

JOSEF HICKERSBERGER

PACK DIE BADEHOSE EIN

Josef Hickersberger war 1994 mit der Wiener Austria auf Trainingslager in Bahrain. Dort wurde er vom Vereinspräsidenten von Al Ahli auf einen Kaffee eingeladen. Weil Hickersberger ein höflicher Mensch ist, nahm er die Einladung an. Man trank einen Kaffee und ein Jahr später bekam er einen Vertrag als Trainer von Al Ahli.

Der erste Arbeitstag wäre beinahe auch Hickes letzter gewesen. Um mit gutem Vorbild voranzugehen, trainierte Hickersberger in der Gluthitze von Bahrain gemeinsam mit der Mannschaft auf dem Platz. Nach dem Training ging es in die Kabine zum Duschen. Als Hicke sich auszog, begann unter den Spielern ein aufgeregtes Gemurmel, begleitet von strengen Blicken. Da Hickersberger kein Wort verstand, dachte er sich, dass den Spielern das Training unter der heißen Sonne vielleicht zu hart war.

Weil er eine Abkühlung dringend nötig hatte, schenkte er dem Ganzen keine weitere Beachtung und ging duschen. Als er wieder zurück in die Kabine kam, und zwar so, wie Gott ihn schuf, hatten sich noch mehr Menschen in der Kabine versammelt. Aufgebrachtes Geschrei, wildes Deuten, Kopfschütteln. Hicke dachte sich, dass es möglicherweise damit zu tun hatte, dass er – wie in Mannschaftskabinen sonst üblich – ohne Genierer nackt herumgegangen war. Also kleidete er sich rasch an.

Am Abend gab es eine Krisensitzung mit dem Vorstand und dem Präsidenten des Clubs. Es wurde heftig diskutiert, Hickersberger zu feuern. Am allerersten Tag, noch bevor irgendein Spiel absolviert wurde, weil er die Gefühle verletzt und gegen die Bräuche und Sitten verstoßen hatte. Hicke entschuldigte sich tausendundein Mal für seine Unwissenheit. Es war viel diplomatisches Geschick notwendig, um den Rauswurf zu verhindern. Hicke versprach, sich nie wieder nackt vor anderen Menschen zu zeigen.

„Ein Wasserpfeifchen in Ehren kann niemand verwehren!": Josef Hickersberger 1995 als Trainer bei Meister Al Ahli in Bahrein.

Ab sofort duschte er nach den Gesetzen des Landes: Sporthose anlassen, Handtuch umbinden, Sporthose ausziehen, Badehose anziehen, Handtuch ablegen, duschen. Danach Handtuch umbinden, Badehose ausziehen, Hose anziehen, erst dann wieder Handtuch ablegen.

Hickersberger war noch viele Jahre als Trainer im arabischen Raum tätig und duschte in dieser Zeit stets mit Badehose.

- **JOSEF HICKERSBERGER**
  Fußballspieler und -trainer, geboren am 27. April 1948 in Amstetten.
- **ERFOLGE ALS SPIELER:**
  Österreichischer Meister 1969, 1970 (Austria Wien), 1982 (Rapid Wien)
  3 x Österreichischer Pokalsieger 1967, 1971 (Austria Wien), 1979 (SSW Innsbruck)
  39 Länderspiele und fünf Tore für die Österreichische Nationalmannschaft zwischen 1968 und 1978
- **ERFOLGE ALS TRAINER:**
  Österreichischer Meister 2005 (SK Rapid Wien)
  1 x Bahrainischer Meister 1996 (Al Ahli)
  1 x Katarischer Meister 2002 (Al Etehad)
  1 x Österreichischer Pokalsieger 1994 (Austria Wien)
  1 x Katarischer Pokalsieger 2002 (Al Etehad)
  1 x Österreichischer Supercup-Sieger 1994 (Austria Wien)

„Wir haben nur unsere Stärken trainiert, deswegen war das Training heute nach 15 Minuten abgeschlossen.“

(Teamchef Josef Hickersberger während der EM 2008. Für diesen Spruch bekam er den Deutschen Fußball-Kulturpreis 2008.)

OTTO KONRAD

EIN HURNSG'SCHÄFT

„Herr Konrad, nehmen S' bitte zur Kenntnis, dass Fußball ein Hurnsg'schäft ist." Mit diesem lapidaren Vergleich mit den nicht immer sauberen Geschäftspraktiken im Prostituierten-Milieu versuchte sich Austria-Salzburg-Präsident Rudi Quehenberger bei Tormann Otto Konrad zu rechtfertigen, dass dessen Engagement bei den Salzburgern im letzten Moment doch nicht zustande kam.

Für Otto Konrad war das die völlig überraschende Fortsetzung eines Albtraumes, der schon einige Zeit davor begonnen hatte. Konrad hatte 10 Jahre bei Sturm Graz gespielt und wurde aus heiterem Himmel vor die Tatsache gestellt, dass sein Gehalt laut laufendem Vertrag um 50 Prozent reduziert werden sollte. Er sei einfach zu teuer, war die Begründung Charly Temmls, der sich vom Kassier zum Präsidenten des Clubs hochgearbeitet hatte. Ironischerweise war derselbe Charly Temml verantwortlich gewesen für den „zu teuren" Vertrag.

Die böse Nachricht erreichte Konrad kurz vor der Heirat mit seiner ersten Frau Manuela, und natürlich machte er sich Gedanken über die Zukunft. Es sollte aber noch schlimmer kommen. Eine Woche nach der Hochzeit war Trainingsbeginn, und Konrad musste aus den Medien erfahren, dass er Trainingsverbot hatte. Der Grund waren Gerüchte über einen Wechsel zu Austria Salzburg.

Konrad blieb gar nichts anderes übrig, als Graz zu verlassen. Glücklicherweise machten ihm die Salzburger tatsächlich ein gutes Angebot, das aber, wie eingangs erwähnt, platzte. Quehenberger hatte nämlich neben Goalie Herbert Ilsanker bereits Peter Burgstaller verpflichtet und wollte dann doch kein Geld für einen weiteren Startormann flüssig machen. Dann kam das Wunder in der Figur von Trainer Otto Baric. Er wollte Konrad so sehr, dass er dem verdutzten Quehenberger anbot: „Ich zahle die erste Rate für Otto Konrad aus meiner Tasche."

Konrad bedankte sich für diesen Vertrauensvorschuss mit drei Meistertiteln und zwei Siegen im Supercup.

HINTERN PASTERN

Otto Konrad erinnert sich an eine weitere Geschichte: Aufgebrochene Türen, gesprungene Fliesen am WC im Wellness-Bereich und mehrere Beschwerden wegen Lärmbelästigung waren Grund genug für den Hoteldirektor, den Austria-Salzburg-Trainer Hermann Stessl in sein Büro zu zitieren. Die Mannschaft, die 1995 in Bad Loipersdorf auf Trainingscamp war, hatte beim „Pastern“ wohl ein bisschen über die Stränge geschlagen. „Pastern“ nennen Fußballer das Ritual, bei dem Nachwuchsspielern das Hinterteil mit Schuhpaste vollgeschmiert wird. Dass sich das die beiden Teamneulinge nicht so einfach gefallen lassen wollten und sich deshalb im WC eingeschlossen hatten, ist verständlich. Dass dabei aber übermäßiger Radau zu Sachschäden und Ruhestörung führte, wollte der Herr Direktor nicht verstehen und erwartete wohl eine angemessene Entschuldigung. Trainer Stessl jedoch stellte sich wie ein Fels vor seine Burschen: „Wir sind eine Fußballmannschaft. Der Schaden wird bezahlt und heute Abend sind wir noch lauter.“

- **OTTO KONRAD**
  Fußballtorwart, geboren am 1. November 1964 in Graz.
- **ERFOLGE:**
  UEFA-Cup-Finale 1994 (im Viertelfinale gegen Eintracht Frankfurt hielt Konrad beim Elfmeterschießen zweimal und verwandelte selbst den entscheidenden Elfer)
  3 x Österreichischer Meister
  2 x Supercup-Sieger (alle mit Austria Salzburg)
  1 x Meister der Salzburger Stadtliga im Eishockey (!) mit HSC Senators 2008
  42.000 verkaufte CDs der Lieder „Wir sind die Salzburger Fans“ und „Almhütt'n“
  Seit 2003 verheiratet mit Germana, 3 Kinder aus zwei Ehen.
  Ist heute Geschäftsführer und Teilhaber eines Elektronikunternehmens.

„Schuld war der Rasenziegel Nummer 23.“
(Salzburg-Torhüter Otto Konrad nach einem „Steirertor“ 1995.)

I TONI POLSTER

SICKERWITZ

Mitte der 1990er-Jahre arbeitete Toni Polster als Torjäger für den 1. FC Köln. Am Ende einer Saison war lange nicht klar, ob sein Vertrag verlängert werden würde, die Verhandlungen zogen sich über Wochen hin. Die Medien füllten Seiten mit Berichten über das ständige Hin und Her: Bleibt Polster in Köln oder nicht? Die Fans wollten ihren Toni unbedingt behalten, die Mannschaftsführung wollte sich nicht deklarieren. In einem Fernsehinterview ging es wieder einmal darum, wie weit die Verhandlungen gediehen seien. Polster meinte, es sei noch immer nichts entschieden. Worauf der Reporter die tiefschürfende Frage stellte, ob es ums Geld ginge. Toni, schon etwas genervt von diesem Thema, antwor-

Toni Polster verwandelt einen Elfmeter (Freundschaftsspiel Deutschland gegen Österreich 1986).

tete mit ernster Miene: „Es ist so, der Verein will mir viel mehr zahlen, als ich verlange. Deshalb ziehen sich die Verhandlungen so lange."
Stille. Der Reporter musste die Antwort erst einmal ein paar Sekunden sickern lassen, dachte also nach und fragte dann etwas unsicher: „Aber das war jetzt ein Scherz, nicht wahr?" Worauf Toni sein berühmtes Grinsen aufsetzte und meinte: „Sie sind ja ein Blitzgneißer!"
Den Ausdruck „Blitzgneißer" kannte man bis dato in Deutschland nicht. Das schlug so hohe Wellen, dass sogar die Zeitung *Bild* in großen Lettern die Übersetzung „Schnelldenker" lieferte.

- **TONI POLSTER**
  Fußballspieler, geboren am 10. März 1964 in Wien.
- **ERFOLGE:**
  3 x Österreichischer Meister 1984, 1985, 1986
  1 x Österreichischer Cupsieger 1986
  3 x Österreichischer Torschützenkönig 1985, 1986, 1987
  95 Länderspiele und 44 Tore für die Österreichische Fußballnationalmannschaft zwischen 1982 und 2000
  „Goldener Schuh" als Europas bester Torjäger 1987
  2 x „Fußballer des Jahres in Österreich" 1986 und 1997
  1 x „Österreichs Sportler des Jahres" 1997
  Jahrhundert-Torschütze in Österreich
  Großes Goldenes Ehrenzeichen für Verdienste um die Republik Österreich

„Die Autogrammkarte des Didi Kühbauer müsste so ausschauen: Didi auf einem Baum mit einer Banane in der Hand und dem Spruch auf den Lippen: ‚Die Schale gehört wieder nach Hütteldorf!'"
(Der Austrianer Toni Polster im Jahr 1996, der wenige Wochen später wirklich Rapid zum Meistertitel gratulieren musste.)

„Da hau i mein Alabaster-Körper no einmal für zehn Minuten eine."
(Der ÖFB-Rekordinternationale Toni Polster vor seiner Team-Verabschiedung im Länderspiel gegen den Iran im Jahr 2000.)

„Tore waren für mich wie Muttermilch."
(Toni Polster vor seinem Abschiedsspiel gegen den Iran.)

ERNST DOKUPIL & HERBERT FEURER

LACHEN IST DIE SCHLIMMSTE MEDIZIN

Ernst Dokupil sprach die berühmten Worte: „Jemand muss es einmal sagen – Fußball ist einfach ein Scheißspiel!“ Mag sein. Aber das Drumherum kann sehr viel Spaß machen, vor allem wenn man einen Kollegen und Freund wie Herbert „Funki“ Feurer hat.

Der Rapid-Trainer und sein Tormann-Trainer spielten einander zahllose (böse) Streiche. Beim folgenden war Dokupil das Opfer. Zuerst das einer Blinddarmoperation und dann von Feurer. Funki wollte seinen Chef im Spital besuchen, aber nicht ohne Geschenk kommen. Er dachte nach, womit er sich (!) die größte Freude machen könnte. Der teuflische Plan war schnell gefunden. Aus eigener Erfahrung wusste er, dass das Lachen nach einer Blinddarmoperation höllisch wehtut. Funki spazierte also mit einem Plastiksackerl ins Spital. Er bat einen Arzt, die von Herrn Dokupil bestellte Bettlektüre übergeben zu dürfen. Der Herr Doktor, höflich und zuvorkommend, bot sich an, dem prominenten Patienten selbst die Lektüre zu bringen. Funki holte aus dem Sackerl einen Stapel einschlägiger Hochglanzmagazine hervor. Der Medizinmann bekam ob der riesigen Brüste auf den Titelseiten leicht gerötete Ohren, nahm das hocherotische Material jedoch entgegen und brachte „die bestellte Lektüre“ dem rekonvaleszenten Dokupil ins Zimmer. Der verstand sofort, was – oder besser wer – dahintersteckte.

Feurer konnte die von einem Lachanfall herrührenden Schmerzensschreie voller Befriedigung bis auf den Gang hören.

RACHE IST SEKT

Ernst Dokupil übte sich in Geduld, bis Herbert Feurer nicht mehr mit seiner Rache für den pornografischen Streich rechnen würde. Ahnungslos stand Feurer eines Tages mit seiner Frau im gemeinsamen Geschäft, einer Trafik, als fünf Kunden mit Flugblättern hereinkamen und ein Glaserl Sekt verlangten. Funki verstand erst, als er den Text auf den Flugblättern las: *„Gewinnspiel! Der Teamtormanntrainer lädt Sie*

Tormann Herbert Feurer wirft sich ins Geschehen; hier 1983 bei einem Match zwischen Rapid und Austria.

auf ein Glas Sekt ein. Unter den ersten 100 Besuchern wird ein Praterbesuch für die ganze Familie inklusive Rundreise mit der Liliputbahn und einem gemeinsamen Mittagessen im Schweizerhaus mit dem beliebten Teamtormanntrainer verlost."

Feurer ahnte Böses. Er lief auf die Straße und sah die gleichen Flugblätter hinter den Scheibenwischern jedes Autos in der Umgebung. Wie in seiner besten Zeit als Goalie zwischen den Torstangen sprintete er zwischen den Autos hin und her und raffte alle Zettel an sich, um die 500 an der Zahl. Keuchend kam er zurück in die Trafik, doch der Strom der Bedürftigen nach Gratis-Sekt riss nicht ab.

TIGER

Feurer ahnte zwar, wem er diesen üblen Scherz zu verdanken hatte, aber was er nicht wusste: Dokupil und seine verschworene Bande von Mittätern saßen gegenüber in der Pizzeria und amüsierten sich über den hektisch in der Gegend herumhetzenden Funki. Wohl wissend, dass sein Leid noch lange kein Ende haben würde, denn sie hatten die Flugblätter auch in die Postkästen sämtlicher Häuser der Umgebung gesteckt.

Noch mehr darüber gibt's in Funkis drei „Wuchtel"-Büchern, die die besten Anekdoten rund um Rapid liefern.

- **ERNST DOKUPIL**
  Fußballspieler und -trainer, geboren am 24. April 1947 in Wien.
- **ERFOLGE:**
  1 x Österreichischer Meister als Trainer
  2 x Österreichischer Cupsieger als Spieler und als Trainer
  1 x im Finale im Europacup der Cupsieger als Trainer

- **HERBERT FEURER**
  Fußballspieler und -trainer, geboren am 14. Jänner 1954 in Aspang, Niederösterreich.
- **ERFOLGE:**
  4 x Österreichischer Meister
  4 x Österreichischer Cupsieger
  Finale im Europacup der Cupsieger
  2 x Österreichs „Fußballer des Jahres" 1980, 1981

Farbbild 1: Christoph Leitgeb während des ÖFB-Teamtrainings in Cagliari im Mai 2008.
Farbbild 2: Ein neuer Sickerwitz? Toni Polster im Jahr 2004 als neuer Generalmanager der Austria.
Farbbild 3: Thomas Muster zeigt deutlich, was er davon hält, sich von Medien oder Trainer gängeln zu lassen.
Farbbild 4: Hape Kerkeling liebt Fußball. Hier tritt er nicht als litauischer Trainer, sondern als Sportreporter in einer deutschen Fernsehshow auf.

HANNES KARTNIG & HUPO NEUPER

EHRENWERTE GESELLSCHAFT

Der umtriebige Sturm-Graz-Präsident Hannes Kartnig wusste stets, seine Kontakte zu nutzen, um für seinen Fußballverein Geld aufzustellen. Eines Tages bekam er den Anruf eines Anwalts, der für ihn ein Geschäft mit einem Geldgeber aus Palermo einfädeln wollte. Kartnig ließ sich nicht lange bitten und traf sich, in Begleitung des Anwalts, mit zwei Italienern in einer Suite des Hotels „Sacher" in Wien. Der an einer Investition interessierte Herr aus Sizilien erkundigte sich via Dolmetscher über die Gepflogenheiten diskreter Transaktionen in Österreich und öffnete einen Aktenkoffer. Kartnig staunte nicht schlecht, als er diesen prall gefüllt mit Banknoten sah. Er setzte gerade an, über die Möglichkeiten, wie man mit solchen Summen verfahren könnte, zu sprechen, da flog die Tür auf und ein Überfallskommando der Polizei stürmte die Hotelsuite. In Sekundenschnelle wurden allen vier Herren Handschellen angelegt. Sie wurden sofort abgeführt, außer Kartnig, der von einem der Beamten erkannt wurde.
Man nahm Kartnig die Handschellen ab, zwei Beamte nahmen ihn gleich vor Ort ins Verhör. Dabei benahm sich einer der beiden sehr rüpelhaft und attackierte den völlig verschreckten Fußballpräsidenten mit Vorwürfen und Anschuldigungen. Drogengeld sei das gewesen und der ehrenwerte Herr ein lang gesuchter Mafioso. Kartnig versuchte wahrheitsgemäß zu erklären, dass er keine Ahnung hatte, um wen es sich bei dem Gesprächspartner handelte. Der Polizist wollte ihm nicht glauben und Kartnig standen Angst und Verzweiflung ins Gesicht geschrieben. Der Kollege des Polizeibeamten bemühte sich, Kartnig zu beruhigen und bat ihn, den Sachverhalt darzulegen.

Als nicht nur Hupo Neupers „Investoren" sich in Luft auflösten ... Sturm-Graz-Präsident Hannes Kartnig gibt hier im Oktober 2006 den bevorstehenden Konkursantrag des Vereins bekannt.

Kartnig erzählte vom Anruf des Anwalts Dr. Flick, dass er keinerlei Informationen hatte, nur dass ein italienischer Geschäftsmann Geld in Sturm Graz investieren wollte.
Der Kriminalbeamte machte Kartnig einen Vorschlag. Er sollte künftig von jeder verkauften Eintrittskarte für ein Match von Sturm Graz 10 Schilling für einen guten Zweck spenden. Kartnig verstand überhaupt nichts mehr. Da trat einer der uniformierten Beamten des Sonderkommandos an ihn heran, meinte: „Der gute Zweck könnte ich sein!", zog sich die Maske vom Kopf und entpuppte sich als Hubert „Hupo" Neuper! Kartnig war ihm vor versteckter Kamera voll in die Comedy-Falle gelaufen.

- **HANNES KARTNIG**
  Sturm-Graz-Präsident, geboren am 27. Oktober 1951 in Gleisdorf
- **ERFOLGE:**
  2 x Meister 1997/98 und 1998/99
  3 x Cupsieger 1996, 1997, 1999

- **HUPO NEUPER**
  Schispringer, geboren am 29. September 1960 in Bad Aussee.
- **ERFOLGE:**
  Erster Schisprung-Weltcupsieger
  2 x Sieger der Vierschanzen-Tournee
  Olympia- und WM-Silbermedaillengewinner

„Stronach kennt sich vielleicht bei Pferden aus. Aber vom österreichischen Fußball hat er keine Ahnung."
(Sturm-Präsident Hannes Kartnig im Jahr 1999 über Magna-Chef Frank Stronach, der später sein Trauzeuge werden sollte.)

„Wir haben so viel am Konto wie die anderen Klubs Schulden."
(Sturm-Graz-Präsident Hannes Kartnig nach dem Erreichen der Zwischenrunde in der Champions League 2000. Ein paar Jahre später musste der Verein Ausgleich anmelden.)

I GAK & HAPE KERKELING

TRAINERWECHSEL

Auf der Pressekonferenz einen Tag vor dem Derby gegen Sturm Graz ließ GAK-Präsident Peter Svetits eine Bombe platzen. Trainer Klaus Augenthaler würde das Team für ein lukratives Angebot in Frankreich noch am selben Tag verlassen!

Den überraschten, ja bestürzten Journalisten stellte er den ab sofort im Amt befindlichen neuen Trainer vor: Albertas Klimaviszys aus Litauen.

Auf die Frage, wie sich dieser plötzliche, unvorhergesehene Trainerwechsel nur einen Tag vor dem wichtigen Spiel auf die Mannschaft auswirken würde, beruhigte Klimaviszys die Reporter-Meute mit einem Sinnspruch aus seinem Heimatland: „Wenn Hahn getötet ist, kann Henne trotzdem noch immer Eier legen." Damit sei eigentlich alles gesagt.

Klar, dass sich die Medienvertreter damit nicht zufriedengaben. So bombardierten sie den neuen Trainer mit Fragen über seinen Trainingsstil und die Aufstellung der Mannschaft. Die Antworten sorgten für Verwunderung: Zapfenstreich 22 Uhr. Klimaviszys wunderte sich, dass die Spieler hier ohne Münzeinwurf duschen konnten, und dazu noch mit warmem Wasser. Die Position des teuer eingekauften Stürmerstars Igor Pamic stellte er infrage, denn der hätte zwar ein schnelles Auto, aber der Fuß sei langsam.

Gänzlich ratlos waren die Reporter, als Klimaviszys sich erhob, um ein litauisches Lied über den Fußball in die Mikrofone der Radio- und TV-Sender zu singen. Der Applaus war höflich, aber verhalten. Als wäre es der Peinlichkeiten nicht schon genug, forderte Klimaviszys seine Frau, die bei der Pressekonferenz neben ihm saß, auf, ebenfalls ein Begrüßungslied vorzutragen. Die Kameras nahmen das Dekolleté der blonden Litauerin ins Visier und die Journalisten verstanden die Welt nicht mehr.

Binnen Minuten war der überraschende Abgang Augenthalers in die Redaktionen übermittelt und kurz darauf bereits unter Top-News im Radio.

Danach stellte Präsident Peter Svetits der Mannschaft, die sich bereits auf dem Platz zum Training eingefunden hatte und völlig ahnungslos war, den neuen Trainer vor. Nach einer kurzen Begrüßung begann das Training. Klimaviszys verlangte eine spezielle Übung, damit er sich ein Bild von der Leistung der einzelnen Spieler machen könnte: Nebeneinander laufen in einer Reihe. Einmal pfeifen heißt stoppen und runter auf den Boden. Nächstes Pfeifen wieder hoch. Zweimal pfeifen runter und Liegestütz. Dreimal pfeifen eine Rolle.

Was sich vor den Augen und den Kameras der Medienvertreter auf dem Rasen abspielte, war Chaos pur. Zu den zugegebenermaßen etwas schwer zu interpretierenden Pfiffen des Trainers liefen, stoppten, liegestützten und rollten die Spieler durcheinander, dass es zum Weinen war.

Klimaviszys brach daraufhin die erste Übung ab und zeigte, dass er es mit seiner Autorität sehr ernst nahm, indem er den Mittelfeldspieler Ulrich wegen Schwätzens während des Trainings in die Kabine schickte.

Als nächste Übung war Torschusstraining angesagt. Und zwar unter „Kosmonautenbedingungen". Dabei verlangte Klimaviszys von den Spielern, dass sie sich vor dem Schuss mit der rechten Hand am linken Ohr und mit der linken an der Nase fassen und dabei fünfmal um die eigene Achse drehen sollten.

Das war den Fußballern zu viel und mit einem herzlichen Götzzitat verließen sie den Platz und ließen den Trainer einfach stehen.

Die Journalisten waren fassungslos. So etwas hatte es noch nie gegeben: Der Trainer ist gerade mal 30 Minuten im Amt und schon streikt die Mannschaft. Mit Schreibblock und Mikrofonen scharten sie sich um den von seinen Spielern boykottierten Klimaviszys. Von den ziemlich konfusen Antworten fühlten sich die Reporter einigermaßen gefrotzelt. Und das war es auch: Eine Frotzelei! Und zwar von Comedy-Star Hape Kerkeling, der für die Sendung „Darüber lacht die Welt" in die Rolle eines fiktiven litauischen Fußballtrainers geschlüpft war.

Als GAK-Präsident Svetits den Ulk aufklärte, dauerte es zwar eine Weile, bis bei den verarschten Journalisten und GAK-Spielern der Groschen fiel. Dafür hörte man das Gelächter der Eingeweihten noch außerhalb des Stadions.

Zu sehen auf www.youtube.com.

- **GAK-FUSSBALLVEREIN,**
  gegründet am 18. August 1902.
- **ERFOLGE:**
  1 x Österreichischer Meister 2004
  4 x Österreichischer Pokalsieger 1981, 2000, 2002, 2004
  2 x Supercup-Sieger 2000, 2002
  2 x Meister 2. Spielstufe 1975 (Nationalliga), 1993 (Aufstiegs-Play-off), 1995 (2. Division)
  3 x Österreichischer Amateurstaatsmeister 1929, 1932, 1933
  10 x Steirischer Landesmeister 1922, 1924, 1926, 1927, 1928, 1929, 1930, 1931, 1932, 1933
  1 x (inoffizieller) Steirischer Landescupsieger 1922
  1 x Intertoto-Cup-Gruppensieger 1978

UND NOCH EIN PAAR KICKER-ANEKDOTEN ...

HANS BUZEK – MIT BARER MÜNZE

Was heute undenkbar wäre, geschah im österreichischen Cupfinale 1967, nämlich dass ein Fußballspiel mittels Münzwurf entschieden wird. Dieses Endspiel bestritten die Wiener Austria und der LASK. Der LASK gewann das Hinspiel 2:1, die Austria das Rückspiel 1:0 – da man Auswärtstorregel und Elferschießen noch nicht kannte, musste also eine Münze entscheiden. Der Schiedsrichter rief die beiden Kapitäne, Franz Viehböck für den LASK und Hans Buzek für die Austria, zu sich, jeder suchte sich eine Seite der Münze aus und der Schiedsrichter warf sie in die Luft. Am Boden aufgekommen war klar, dass Buzek gewonnen hatte. Doch der Schiedsrichter konnte nicht so weit sehen und wollte sie aufheben. Da bückte sich Viehböck ganz rasch, drehte sie um und schrie: „Wir haben gewonnen!"

Die Folge war eine kurze Diskussion, der Schiri wusste nicht, wem er glauben sollte, und entschied sich zu einer Wiederholung mit dem Hinweis, dass diesmal nur er die Münze aufheben dürfe. Zum Glück siegte dann die Gerechtigkeit.

HANS KRANKL – UNTER FALSCHEM NAMEN

1978 hatte sich Österreichs Nationalteam erstmals nach 20 Jahren wieder für eine Fußball-WM qualifizieren können. Die Euphorie im Land war dementsprechend groß, die Teamspieler waren in jeder Hinsicht heiß begehrt. Auch bei den österreichischen Tageszeitungen. Friedl Koncilia, Josef Hickersberger, Herbert Prohaska und Hans Krankl sollten während der WM in diversen Zeitungen als Kolumnisten ihre Eindrücke wiedergeben.

Dem ÖFB war dies aber ein Dorn im Auge und man untersagte diese Nebenbeschäftigung. Da die Spieler damit auch auf ein schönes „Kör-

Eine Sternstunde des österreichischen Fußballs: Robert Sara, Hans Krankl und Bruno Pezzey (v. l.) jubeln über das 3:2 gegen Deutschland in Cordoba.

berl-Geld“ hätten verzichten müssen, war die Aufregung groß. Vor allem bei Hans Krankl, der daraufhin meinte: „Sollen sie's ruhig verbieten, dann schreib ich in der ‚Krone' halt unter einem Pseudonym.“ Der ÖFB gab dann übrigens doch nach.

LEOPOLD STASTNY - GESTATTEN, ICH HEISSE ...

Einer der legendärsten österreichischen Fußball-Teamchefs war Leopold Stastny, der für seinen trockenen, teils sarkastischen Humor bekannt war. Stastny war gebürtiger Slowake und reiste zu Beginn seiner Tätigkeit in Österreich oft mit dem Zug an.
Am Bahnsteig in Wien rief ein Verkäufer: „Heiße Würstel, heiße Würstel ...“
Darauf Stastny: „Angenehm, heiße Stastny!“

CHRISTOPH LEITGEB - SMS AUF IRRWEGEN

Trainingslager der Österreichischen Nationalelf vor der Euro 2008. Christoph Leitgeb und fast alle Mitspieler waren pünktlich zu Trainingsbeginn auf dem Platz. Aber eben nur fast alle. Einer fehlte, was auf die Stimmung des Teamchefs Hickersberger drücken und seine Leistungsforderungen an die Spieler steigen lassen würde. Also schrieb Leitgeb dem fehlenden Spieler in freundschaftlich-rüder Art eine SMS: „Wo bleibst, du Sau?“, und drückte auf „Senden“.
Die Antwort „Bin schon da!“ kam schnell. Allerdings von Hickersberger.

LOTHAR MATTHÄUS - PROMI-BONUS

2001 holte sich der SK Rapid den ehemaligen deutschen Fußballstar Lothar Matthäus als Trainer nach Hütteldorf.
Loddar, wie er von der Boulevard-Presse gerne genannt wurde, erfreute sich auch in Wien eines recht hohen Bekanntheitsgrades und einer gewissen Popularität (das allerdings, bevor er mit Rapid die schlechteste Meisterschaftsplatzierung in der Vereinsgeschichte erreichte.)
Auf diese Popularität war er sehr stolz und erklärte einem Stern-Reporter, während sie durch die Wiener Innenstadt schlenderten, dass damit auch ein Promi-Bonus einherginge. Er dürfe sogar sein Auto ungestraft an verbotenen Stellen parken, wo andere abgeschleppt wer-

Bei seiner Präsentation als neuer Rapid-Trainer 2001 geht Lothar Matthäus noch frohgemut ans Werk. Die Wiener Parkraumbewirtschaftung lässt sich vom „herzlichen Willkommen" offenbar nicht beeindrucken.

den würden. Kaum hatte er diesen Satz ausgesprochen, konnten die beiden aus den Augenwinkeln sehen, wie ein Abschleppwagen mit Matthäus' Wagen auf der Ladefläche vorbeifuhr.

DAS GEHEIMSPIEL

Teamchef Hickersberger wollte im Vorfeld der Euro 08 ein Probespiel für seine Mannschaft abhalten, unter Ausschluss der Öffentlichkeit. In einer Pressekonferenz bat Hicke um Verständnis, dass weder Journalisten, Fernsehen noch Fotografen zugelassen waren. Nicht einmal der Gegner wurde bekannt gegeben. Natürlich würde man die Medien vom Zwischenstand und Endergebnis per Presseaussendungen informieren und auch Fotos zur Verfügung stellen.

Verständlicherweise wollten sich nicht alle Reporter und Fotografen mit dieser Heimlichtuerei abfinden und versuchten ihr Glück.
Das Areal um das Spielfeld in Lindabrunn wurde zwar großräumig hermetisch abgeriegelt. Aber bei einem so großen Gelände war es natürlich kein leichtes Unterfangen, alle Schlupflöcher zu schließen.
Die Reporter zweier großer Tageszeitungen fanden eine Stelle, von wo aus sie das Spiel – gegen Kuba – verfolgen konnten. Allerdings wurden sie entdeckt und man verstellte ihnen mit einem LKW weitestgehend die Sicht. Nicht gut genug, damit sie gar nichts mehr sehen konnten, aber gut genug, damit sie nicht alles sehen konnten. So erschienen in der nächsten Ausgabe Berichte mit falschen Ergebnissen.
Einer ließ sich von dem Versteckspiel nicht ins Bockshorn jagen und suchte seinen eigenen Weg. Fotografen-Legende Kristian Bissuti robbte wie der Soldat einer Spezialeinheit durch den Wald, überwand in actionfilmreifer Manier Hindernisse und Barrikaden, zerriss seine Hose, um freies Feld für den goldenen Schuss zu bekommen. Groß in seinem Sucher waren die Füße eines Ordners, der den Paparazzo unverrichteter Dinge wieder zurückschickte. Und zwar auf demselben, mühsamen und anstrengenden Weg, den er gekommen war.
Als Hickersberger erfuhr, dass sich einige Journalisten doch nicht an seine eindringliche Bitte gehalten hatten, war er zunächst ziemlich sauer und blickte grimmig drein. Dann gingen aber seine Augenbrauen in freundlichere Höhen und er sagte: „Na ja, is ja ihr G'schäft."

ALFRED GUSENBAUER – VIVE LA FRANCE!

Im Zuge der Euro 08 empfing Bundeskanzler Alfred Gusenbauer den UEFA-Präsidenten Michel Platini im Bundeskanzleramt. Nach einer kurzen Führung betraten sie den Balkon am Ballhausplatz. Der Platz war zu dieser Stunde menschenleer, nur drei asiatische Touristinnen spazierten gerade vorbei. Anscheinend inspiriert von diesem historischen Ort rief Platini plötzlich ganz laut: „Vive la France!" Die Japanerinnen schauten verschreckt empor. Gusenbauer wollte nicht nachstehen und rief: „Österreich wird Europameister!" Als beide dann noch staatsmännisch zu winken begannen, zückten die drei Touristinnen

Der Kanzler im Fußballfieber! UEFA-Präsident Michel Platini (r.) trifft im März 2008 während der EURO-08-Vorbereitungen mit dem damaligen Bundeskanzler Alfred Gusenbauer (l.) zusammen.

ihre Fotoapparate und drückten einige Male ab. Sicher ohne zu wissen, wer da vom Balkon hinunterschrie.

ANDREAS HERZOG – FÜR DEN KLEINEN HUNGER ZWISCHENDURCH

Im Vorfeld zum Länderspiel gegen Tschechien im August 2007 gab es für die Nationalelf und einige VIPs eine Einladung beim Bundeskanzler am Ballhausplatz.

Nicht nur auf kulinarischem Gebiet ein wahrer Meister: Andreas Herzog in Aktion für seinen damaligen Verein Werder Bremen (2001).

Schöne Reden, tolles Essen. Alle genossen die kulinarischen Köstlichkeiten. Andi Herzog, bekannt für sein Talent mit dem Ball, aber auch mit Messer und Gabel (er isst für sein Leben gern), schien es besonders gut zu schmecken.
Da am Abend wieder die sport- und ernährungswissenschaftlich wertvolle, aber karge Küche von Dr. Schopp auf dem Speiseplan im Trainingslager stand, witterten ein paar Schelme unter den Gästen eine gute Gelegenheit, dem Andi einen Streich zu spielen. Sie ließen vom Koch ein „Restl-Paket" herrichten. In Wirklichkeit war zwar nichts drinnen, es machte aber mit der Do-&-Co-Schleife echt was her. Man konnte den Koch auch dazu überreden, den großen Karton im Prunksaal an Andi Herzog, der unmittelbar neben Bundeskanzler Gusenbau-

er stand, zu überreichen: „Wir haben gehört, Sie wollen ein bisschen was mitnehmen."

„Und dieser Fuß muaß amoi verfaulen!"

(Andi Herzog bei der WM in Frankreich, nachdem ihm im Training gegen Michael Konsel ein sehenswerter Schupfer gelungen war.)

RONALD GERCALIU – SCHLECHTES GEWISSEN

Der österreichische Teamspieler Ronald Gercaliu war im Zuge des Gerichtsverfahrens zwischen Red Bull Salzburg und Kurt Jara als Zeuge bei Gericht geladen. Dazu musste er mit dem Auto aus Wien nach Salzburg anreisen.

Der Richter begann die Einvernahme mit den Worten: „Herr Gercaliu, lassen wir uns einmal die Formalitäten erledigen – also: die Fahrt hierher, wie viel waren denn das?" – und meinte damit die gefahrenen Kilometer für die Aufwandsentschädigung.

Gercaliu, anscheinend von schlechtem Gewissen gepeinigt, antwortete wie aus der Pistole geschossen: „Ich weiß eh, Herr Rat, ich war viel zu schnell unterwegs."

Darauf der Richter: „Des is mir wurscht, wie viele Kilometer waren das?"

Gercaliu: „Es waren schon 180 bis 190 km/h – aber nie 200!!! Aber ich verspreche, zurück fahre ich viel langsamer."

LIU JIA

DIE „SCHLAFREDNERIN“

Liu Jia wurde 1982 in Peking geboren. Als kleines Mädchen besuchte sie den Kindergarten. Es ist in China üblich, dass die Kinder gleich ein halbes Jahr durchgehend in einer Art Internat wohnen, damit die Eltern Zeit zum Arbeiten haben. Klein-Jia war ein quirliges, für den obligaten Mittagsschlaf viel zu unruhiges Kind. Die Kindergärtnerinnen kontrollierten streng, ob alle auch wirklich schliefen. Die eigentlich rein rhetorische Frage: „Wer von euch schläft tief und fest?“ wurde nur von einem Kind beantwortet. Liu zeigte brav auf und sagte: „Ich schlafe tief und fest.“ Dass sie für ihre Folgsamkeit nicht gelobt wurde, verstand sie damals überhaupt nicht.

HONGKONG CALLING

Liu Jia besuchte die Shischa-Hai-Sportschule in Peking. Sie gewann die Schülermeisterschaft im Tischtennis und belegte Platz drei in der Jugendrangliste. Aufgrund der harten Konkurrenz anderer chinesischer Spielerinnen hatte sie dennoch kaum Chancen auf internationale Einsätze. Daher übersiedelte sie ohne Deutsch- oder Englischkenntnisse 1997 nach Österreich und siegte auf Anhieb bei den 1st International Austrian Youth Championships in Linz. An ihrem Geburtstag 1998 wurde der 1,60 Meter kleinen und 49 Kilo leichten Linkshänderin die österreichische Staatsbürgerschaft verliehen.

2006, im Jahr des Hundes, wollte Liu von Wien zu einem Turnier nach Hongkong fliegen. Sie dachte, sie hätte noch sehr viel Zeit vor dem Abflug, und genehmigte sich einen Kaffee im Flughafenrestaurant. Gemütlich und entspannt begab sie sich zu ihrem Gate für die Maschine nach Hongkong. Zu ihrer Verwunderung machten dort die Passagiere den Eindruck, eher nach Mallorca oder Griechenland als nach Hongkong zu fliegen. Dass auf der Anzeigetafel dann auch noch Rhodos stand, verstärkte Lius Verdacht, am falschen Gate zu sein. Auf dem Bildschirm der abgehenden Flüge konnte Jia die Destination Hongkong nicht finden. Also stellte sie sich beim Informationsschalter an. Die

ALEX ALVES
22

debitel

PUB-CAFÉ
uhlsport

Immer der Nase nach! Die Österreicherin Liu Jia in Aktion bei den Austrian Open im Tischtennis in Wels 2004.

Warteschlange war endlos und Lius Panik, ihren Flug zu versäumen, wuchs mit jeder Minute. Als sie endlich an der Reihe war, eröffnete man ihr, dass die Maschine nicht nur schon abgehoben hätte, sondern sogar schon in Hongkong gelandet wäre.

Wer und was daran schuld war, dass Liu ihre Abreise so richtig vermasselt hatte, war in diesem Moment uninteressant. Viel wichtiger war die Frage, wie sie doch noch zu dem Turnier kommen könnte.

Ihr letztes Bargeld hatte sie im Café ausgegeben, eine Kreditkarte hatte sie nicht. Daher war ein Umbuchen nicht möglich. Der Akku des Han-

Farbbild 1: Hans Krankl unter richtigem Namen beim relaxden Interview.
Farbbild 2: Franz Wohlfahrt hält sein Tor sauber.
Farbbild 3: Otto Konrad bei einem ganz anderen Geschäft, einer Charitiy-Aktion, gemeinsam mit Heribert Weber (Mitte) und Rainer Schönfelder (rechts).

dys war leer, wie also irgendjemanden über die prekäre Situation informieren oder nach einer Lösung des Problems fragen? Liu war völlig verzweifelt.

Wie es der Zufall so wollte, stand plötzlich ein serbischer Tischtennisspieler, den sie von Turnieren her kannte, neben ihr. Sie klagte ihm ihr Leid. Er zögerte keinen Moment und borgte ihr Geld für die Umbuchung und sein Handy, um ihren Trainer anzurufen. Da Liu aber dessen Telefonnummer nicht auswendig wusste, musste sie erst ihre Eltern in Peking anrufen, um die Nummer zu erfragen. Dann endlich konnte sie ihren Trainer in Hongkong erreichen.

Liu kam tatsächlich noch rechtzeitig zum Turnier und erreichte trotz aller nervenaufreibenden Strapazen die 3. Runde.

- **LIU JIA**
  Tischtennisspielerin, geboren am 16. Februar 1982 in Peking.
  Österreichische Staatsbürgerin seit 1998.
- **ERFOLGE:**
  2005 Europameisterin
  3 x Olympiateilnahme
  Bronzemedaille im Mixed Doppel mit Werner Schlager bei der EM in Zagreb 2002
  Siegerin im europäischen Ranglistenturnier
  Mehrfache österreichische Staatsmeisterin

THOMAS MUSTER

DER SPAREFROH

Thomas Muster war gerade am Höhepunkt seiner Karriere und scheffelte nicht nur Geld auf dem Centercourt, sondern auch mit lukrativen Sponsorverträgen. Da gehörte es auch dazu, einen Sponsortermin in Vorarlberg wahrzunehmen. Um nicht von der langen Autofahrt erschöpft dort anzukommen, engagierten Muster und der Agenturchef Hans Holzer einen Freund als Chauffeur. Dieser fuhr aber so langsam, dass ein pünktliches Ankommen kaum möglich war. Kurzerhand wurde der Chauffeur auf die Rückbank verbannt und Muster und Holzer übernahmen abwechselnd das Steuer. Sie machten sich aus, eventuelle Verkehrsstrafen wegen Geschwindigkeitsübertretung zu teilen. Muster fuhr sehr zügig bis Salzburg, dann übernahm Holzer das Steuer. Auf der Inntal-Autobahn fuhr er ein bisschen zu zügig in eine Radarkontrolle und wurde prompt von der Gendarmerie gestoppt. Die Geldstrafe, die drohte, war eine saftige. Muster versuchte seinen Bekanntheitsgrad für eine mildere Strafe einzusetzen, doch die Beamten ließen sich vom klingenden Namen nicht beeindrucken und gewährten keinen Promi-Bonus.
Also musste Holzer die volle Länge blechen. Trotz des unplanmäßigen Zwischenstopps schafften sie den Termin im „Ländle" just in time.
Allerdings wartet Holzer bis heute auf die 50-%-Beteiligung von Thomas Muster. Vergesslichkeit oder Sparsamkeit?

DJ TOM

Österreichs Sportjournalisten wählten im Jahre 1990 Thomas Muster aufgrund seiner außergewöhnlichen Leistungen zum Sportler des Jahres. Am Tag der Bekanntgabe war Tom bei einem Freund zu einem „Festl" eingeladen, wo er sich als DJ lieber in Szene setzte als vor Kameras und Mikrofonen.
Selbstverständlich waren alle Medien auf der Suche nach dem Würdenträger, um ein aktuelles Interview einzufangen. Nach vielen Recherchen gelang es dem ORF-TV-Sport endlich, Muster in der Wohnung besagten Freundes ausfindig zu machen. Tom machte aber keine An-

stalten, ins Studio auf den Küniglberg zu fahren. Also musste der Berg zum Propheten kommen.
Um die in vollem Gange befindliche Fete nicht zu sehr zu stören, wurde das Schlafzimmer der Party-Location zum Studio umgebaut und das für den ORF wichtige Interview zwischen Tuchent und Pölstern aufgezeichnet. So ging das dann übrigens auch – für die Fernsehzuseher vielleicht etwas verblüffend – auf Sendung.
Rechtzeitig, bevor die von Tom aufgelegte CD zu Ende war, war auch das Interview am Ende und der Sportler des Jahres konnte weiter für Stimmung auf dem Festl sorgen.

SEX-KONTROLLE

Es liegt in der Natur der Sache, nennen wir es „Berufskrankheit", dass Manager erfolgreicher Sportler bestrebt sind, auch das Sexualleben ihrer Schützlinge (= Geldquellen) unter Kontrolle zu haben. Zu groß könnte die Ablenkung sein, zu sehr könnte die Kondition für den Wettkampf darunter leiden und der gesamte Zeitplan könnte durch diverse amouröse Abenteuer durcheinandergebracht werden. Daher war auch Ronnie Leitgeb immer bestrebt, jene Damen zu kennen und zu kontrollieren, die zu nahe an Thomas Muster kamen. Und das waren nicht gerade wenige, weltweit. Ein beinahe Fulltime-Job für Leitgeb, den er aber zum Leidwesen für Muster sehr ernst nahm. Auf Deutsch oder Englisch machte er der holden Weiblichkeit klar, was ging und was nicht.
Irgendwann wollten sich Toms Hormone nicht mehr von Ronnies Leistungsplan gängeln lassen und begehrten auf. Der Zufall war ein williger Komplize. Tom lernte eine makellose Frau kennen. Makellos für Muster, aber nicht für Leitgeb. Denn die hübsche Dame sprach nur Chinesisch! Den Argumentationsversuchen von Ronnie erwiderte sie wie den Zärtlichkeiten von Tom: mit einem bezaubernden Lächeln.

IM OUT

Der Bazillus Motorsport verfolgte Thomas Muster schon viele Jahre. Erstmals ergab sich im Tennis-Erfolgsjahr 1990 die Gelegenheit, selbst am Lenkrad Hand anzulegen und offiziell an einem Bewerb teilzunehmen. Ausgesucht hatte man dafür die Semperit-Rallye im Waldviertel,

Österreichs damals attraktivste Veranstaltung, die gleichzeitig 10-jähriges Jubiläum feierte.
Um kein zu großes Risiko vor dem eine Woche später stattfindenden Tennis Masters in Frankfurt einzugehen, wollte Manager Ronnie Leitgeb seinen Goldfisch PS-mäßig nicht überfordern. Daher wurde als fahrbarer Untersatz ein Trabant-Werkswagen gewählt. Das Polyester-Zweitakt-Vehikel hatte immerhin schon zweimal die ungarische Meisterschaft gewinnen können und sogar einmal die Akropolis-Rallye beendet.
Der bekannte heimische Tuner Rolf Schmid war für die technische Betreuung verantwortlich, Beifahrer war Ronnie Leitgeb selbst. Aber Muster wäre nicht Muster, hätte er sich auf diesen Einsatz nicht profimäßig vorbereitet. Man mietete das ÖAMTC-Testgelände in Teesdorf und absolvierte dort ein umfangreiches Spezialtraining für Fahrer und Beifahrer. So gerüstet ging es im Waldviertel ans Werk. Der prominent besetzte Trabi mit der Startnummer 28 avancierte in kürzester Zeit zum absoluten Publikumsliebling. Mehr als die Hälfte der 80.000 Zuschauer harrte länger als üblich auf den Sonderprüfungen aus, bis endlich die 28 vorbeidriftete. Die Belohnung für die Geduld war ein gekonnter Überschlag, der gottlob glimpflich ausging.
Trotz dieses Malheurs schaffte es Muster in die Wertung und erzielte damit deutlich mehr mediale Wirkung als Gesamtsieger Sepp Haider und der neue Meister Ernst Harrach. Selbst dem deutschen „Spiegel", der sich sonst mit wirklich wichtigen Weltthemen beschäftigt, war dieser Rallyeausflug eine Titelstory wert.

- **THOMAS MUSTER**
  Tennisspieler, geboren am 2. Oktober 1967 in Leibnitz.
- **ERFOLGE:**
  1 x Grand Slam in Paris
  12 Turniersiege 1995, Rekord bis 2006
  Nummer 1 der Weltrangliste 1996
  2 x Österreichischer Sportler des Jahres

„Realistisch gesehen ist das so, wie wenn Michael Schumacher ein Formel-1-Rennen in einem Gokart gewinnen würde."
(Thomas Muster in Key Biscayne 1997 auf die Frage, ob der Wimbledon-Sieg ein Ziel für ihn wäre.)

SCHNEE UND EIS

I TONI SAILER

DIE GOLDENE FAST VERSCHLAFEN

Die sportliche Karriere des Toni Sailer ist untrennbar mit den Olympischen Winterspielen 1956 in Cortina d´Ampezzo verbunden. Dreimal am Start, dreimal Gold, dazu vier WM-Titel – der Kitzbüheler war mit einem Schlag nicht nur ein Sport-Superstar, sondern auch Symbolfigur für den Wiederaufbau Österreichs in der Nachkriegszeit. Doch beinahe wäre es bei nur einer Goldmedaille geblieben.

Der erste Bewerb war der Riesentorlauf, den Sailer mit dem unfassbaren Vorsprung von 6,2 Sekunden auf Anderl Molterer gewann. Großer Jubel über diesen perfekten Auftakt, Riesenrummel um den „Goldenen", jeder wollte etwas von ihm.

Der Toni wollte aber in erster Linie seine Ruhe haben. Nicht, weil bereits 48 Stunden später der Slalom auf dem Programm stand, sondern weil er sich unsterblich in eine französische Schirennläuferin verliebt hatte. Jede Minute wollte er mit ihr verbringen, was ihm großteils auch gelang – auch in der Nacht vor dem Slalom, in der er bis Mitternacht mit seiner Francine spazieren ging (wie er sagte). Dann schlich er sich in sein Zimmer, in dem sein Freund und Zimmerkollege Ernst Hinterseer bereits tief und fest schlief.

Um 8 Uhr wird Sailer munter. Das Bett neben ihm leer, auch im Bad war von Hinterseer weit und breit nichts zu sehen. Noch im Pyjama geht Sailer in den Frühstücksraum, um dort Nachschau zu halten. Doch dort sitzt nur die Bob-Mannschaft beim Kartenspielen.

„Toni, was machst denn du noch da? Die anderen sind schon längst gefahren!"

Da die Rennstrecke doch ziemlich weit entfernt vom Mannschaftsquartier lag, stellte sich beim 20-Jährigen leichte Panik ein. Wie soll er es nun noch rechtzeitig zum Start des ersten Durchgangs schaffen? Doch

Toni Sailer gewinnt 1956 in Cortina d'Ampezzo Olympia-Gold im Riesentorlauf – neben zwei weiteren „Goldenen" im Slalom und in der Abfahrt.

auf die Bobfahrer war Verlass: „Toni, geh g'schwind rauf, zieh dich um, wir haben ein Auto, wir fahren dich rauf!"
Sogar ein Frühstück wurde noch rasch auf den Tisch gezaubert und ab ging´s zur Rennstrecke. Endlich am Start angelangt, war Sailer natürlich etwas verärgert: „Wieso habt´s mich nicht geweckt? Fast hätte ich den Start verschlafen!" Während Trainer und Mannschaftskollegen beteuerten, sie hätten gedacht, er wäre schon früher gefahren, hatte sein Zimmerkollege natürlich ein wenig „Erklärungsbedarf".
Zu allem Überdruss hatte die Teamführung auch noch die Startnummern vergessen, weshalb Sailer mit der 105 ins Rennen ging. Das alles prallte an ihm ab, er gewann erneut, diesmal allerdings mit „nur" 4 Sekunden Vorsprung auf den Japaner Chiharu Igaya. Wer weiß, ob er ohne Slalom-Gold dann noch jenes in der Abfahrt gewonnen hätte.
Das „etwas länger schlafen lassen" hat aber der Freundschaft zwischen Sailer und Hinterseer keinen Abbruch getan, Hinterseer selbst holte dann vier Jahre später in Squaw Valley Gold im Slalom – als der „Schwarze Blitz von Kitz" schon längst gefeierter Leinwand-Held war.

- **ANTON ENGELBERT „TONI" SAILER**
  Schirennläufer, geboren am 17. November 1935 in Kitzbühel; gestorben am 24. August 2009 in Innsbruck
- **ERFOLGE:**
  3x Olympia- und 4x WM-Gold 1956 in Cortina d' Ampezzo
  3x Gold und 1x Silber bei der WM 1958 in Bad Gastein
  Großes Ehrenzeichen für Verdienste um die Republik Österreich (1956)
  Österreichs Sportler des Jahres (1956, 1957 und 1958)
  Olympischer Orden (1985)
  Österreichs Sportler des Jahrhunderts (1999)

KARL SCHRANZ

SCHAU GENAU

Karl Schranz nahm seinen Beruf als Schirennläufer sehr ernst. Er trainierte hart und überließ nach Möglichkeit nichts dem Zufall. Mit seinem Trainer Egon Schöpf entwickelte er laufend neue Ideen, um sich einen taktischen Vorteil zu verschaffen. Ein so simpler wie hilfreicher Trick war das Anzeigen des Vorsprungs oder des Rückstands während des Rennens. Egon stand etwa bei Halbzeit am Pistenrand und deutete Karl mit nach oben gerichtetem Finger, wie viele Sekunden er vorne

Karl Schranz saust in der nach ihm benannten „Schranz-Hocke" 1967 die Kitzbüheler Streif hinunter.

lag. Finger nach unten bedeutete „Vollgas!". So wusste Karl immer, wie gut er im Rennen lag, ob er attackieren musste oder mehr auf Sicherheit fahren konnte.

Das System war sehr erfolgreich und daher stand Schöpf auch bei folgendem Abfahrtslauf an der Rennstrecke. Karl hatte den Eindruck, sehr gut unterwegs zu sein, und schenkte Egon beim Vorbeifahren nur einen flüchtigen Blick. Doch groß war sein Entsetzen, als er einen nach unten gehaltenen Finger sah. Es galt also, rund eine Sekunde aufzuholen. In Karl erwachte der Wolf vom Arlberg: Er gab sein Letztes und rischierte alles.

Im Ziel war Karl dann mit 4,9 Sekunden vorne. Das war doch nicht möglich? Wie konnte er auf dem zweiten Teilstück 6 Sekunden aufgeholt haben? Hatte er gar nicht. Karl war schon bei der Zwischenzeit um 2 Sekunden vorn. Das hatte Egon auch angezeigt. Mit der linken Hand. Was Karl gesehen hatte, war der Kugelschreiber, der in Egons rechter Hand baumelte.

- **KARL SCHRANZ**
  Schirennläufer, geboren am 18. April 1938 in St. Anton am Arlberg.
- **ERFOLGE:**
  1 x Olympia-Silber im Riesenslalom Innsbruck 1964
  3 x Weltmeister
  2 x Gesamtweltcupsieger
  Abfahrtsweltcup 1969, 1970
  Riesenslalomweltcup 1969

FRANZ KLAMMER

SCHNELLSIEDEKURS

Franz Klammer ist in die Annalen des Schiweltcups als einer der größten Abfahrer aller Zeiten eingegangen. Dabei war er ursprünglich Slalom- und Riesentorläufer. Und kein schlechter sogar. Aber die Lichtgestalt zwischen den Stangen war damals Gustav Thöni. Der schenkte dem Franz als Scherz ein Buch darüber, wie man richtig Riesentorlauf fährt. Ein wenig später, bei einem Riesentorlauf in Fulpmes, landete Klammer drei Plätze vor Thöni. Franz gab Gustav das Buch zurück: „Ich hab zwar nur fünf Seiten lesen müssen, aber das war genug, um besser zu sein als du."

WAS FÜR EINE EHRE

Königin Beatrix der Niederlande weilte während eines Schiurlaubes am Arlberg in ihrem Stammhotel „Post." Als sie erfuhr, dass ein Adelskollege von ihr, nämlich Kaiser Franz Klammer, zur selben Zeit im nahen Hotel „Krone" Hof hielt, ließ sie ihn auf ein Schwätzchen zu sich bitten. Franz war gerade dabei, mit zwei Freunden das Ende eines herrlichen Schitages zu begießen. Daher betrat er zwar aufrechten Ganges, doch etwas gekrümmter Zunge das Hotel, wo Beatrix auf ihn wartete. Höflich begrüßte er sie in seinem besten Englisch: „It's a pleasure for you to meet me." (Es ist eine Ehre für Sie, mich kennenzulernen.)
Königin und Kaiser saßen dann noch ein paar Stunden gemütlich zusammen, denn offenbar war es für Beatrix wirklich ein Vergnügen, Franz Klammer kennenzulernen.

- **FRANZ KLAMMER**
  Schirennläufer, geboren am 3. Dezember 1953 in Mooswald.
- **ERFOLGE:**
  1 x Olympiasieg
  1 x Weltmeister
  1 x Abfahrtsweltcup
  26 Weltcupsiege, 25 x Abfahrt, 1 x Kombination

HANS ENN

KNALLEFFEKT

Saisonauftakt in Val d'Isère. Die Nachwuchsabfahrer Hans Enn und Jimmy Steiner waren schon wieder zurück im Hotel und schauten vom Balkon aus den Interviews von Sieger Franz Klammer und Werner Grissmann zu.

Hans hatte wie immer ein paar Schweizerkracher eingesteckt („Man kann ja nie wissen, wann man einen braucht") und kam auf die „grandiose" Idee, damit die arrivierten Stars beim Interview gehörig zu erschrecken. Er zündete den Knallkörper und warf ihn vom Balkon hinunter in Richtung Interviewszene. Leider landete der Knaller direkt neben dem Mikrofon. Die Explosion wirkte zwar wie gewünscht, und Klammer und Grissmann liefen vor Schreck davon, allerdings pflanzten sich die Schallwellen über das Mikro direkt in die Kopfhörer des Tonmeisters fort. Dem armen Kerl klingelten noch tagelang die Ohren.

- **HANS ENN**
  Schirennläufer, geboren am 10. Mai 1958 in Hinterglemm.
- **ERFOLGE:**
  6 x Sieger in Weltcuprennen
  1 x Bronze bei den Olympischen Spielen 1980 in Lake Placid

RAINER SCHÖNFELDER

WASABI-TSUNAMI

Der frisch gebackene Juniorenweltmeister Rainer Schönfelder und sein Kollege Benni Raich wurden von ihrer Schifirma 1997 ins japanische Naeva entsandt. Warum Japan das Land der aufgehenden Sonne genannt wird, interpretierten die beiden folgendermaßen:

Dieser Auftritt von Rainer Schönfelder 2007 weckt ob seines „Throns" unweigerlich Erinnerungen an sein kulinarisches Abenteuer in Japan.

„Dort wird der Schitag von Sonnenauf- und -untergang zeitlich begrenzt und nicht wie bei uns durch die Öffnungszeiten der Schilifte. Wir sind den ganzen Tag nicht aus den Schischuhen rausgekommen, auch zum Essen war keine Zeit."

Entsprechend hungrig waren beide Abend, entsprechend gering war der angeborene Respekt der Alpenländer vor dem exotischen Speisenangebot. Denn damals waren Sushi und Sashimi nicht in dem Ausmaß in aller Munde wie heute. Schon gar nicht im Lager der Schifahrer, wo Fisch und Meeresfrüchte generell mit gewisser Vorsicht genossen wurden. Fisch auch noch roh, das kostete schon einige Überwindung. Dass er zu scharfes Essen prinzipiell nicht gut vertrug, wusste Schönfelder. Aber das wollte er nicht zugeben, auch nicht vor sich selbst. Daher schlug er die Warnungen vor der grünen Krenpaste, die zu den mundgerechten Häppchen aus Reis und Fisch gereicht wurde, in den Wind, und langte beim Wasabi gehörig zu.

Die verdauungsfördernde Wirkung des Wasabi setzte sehr schnell und auch noch sehr plötzlich ein. An der Sprachbarriere verlor Schönfelder wertvolle Zeit, da die Quartiergeber ausschließlich Japanisch sprachen. In aufsteigender Panik fragte Rainer seinen Freund Benni, wo denn das Klo sei. Der wusste es auch nicht so genau und meinte, irgendwo im Keller.

Das reichte Schönfelder als Hinweis, denn irgendwie würde er schon die richtige Türe finden. Im Wettlauf mit der Zeit und in gebückter Haltung kletterte er über die Stiegen hinunter in den Keller. Der war weitläufig und hatte viele nicht gekennzeichnete Türen. Dass die einzige Neonröhre just in diesem Moment ihren Geist aufgeben musste und das ohnehin diffuse Licht undurchdringlicher Finsternis wich, kam erschwerend zu den immer heftigeren Magenkrämpfen hinzu. „Ich hätte es nicht mehr noch einmal raufgeschafft. Keine Chance! Also bin ich die Wand entlang, hab nach den Drehknöpfen der Türen getastet, um ein Klo zu finden." Aber alle Türen waren versperrt! Bis er irgendwann nur noch betete, es möge wenigstens irgendeine Tür zu öffnen sein …

Die Gebete wurden erhört. Im allerletzten Moment, vor der allerletzten Tür auf diesem endlos langen stockfinsteren Korridor: „Es war ein Augenblick aus tiefer Peinlichkeit und unsäglicher Erleichterung. Aber

15
ALPIN

EPSON Drucker
EPSON Drucker
EPSON

KÖLSCH
taxofit
VITAMINE + MINERALIEN
bluhmod

REMUS
PARTIKELFILTER

was dann geschah, kann man sich nicht vorstellen, wenn man es nicht erlebt hat ..."

Denn plötzlich, in diesem Moment tiefster Hocke und größter Misslichkeit, ging das Licht an: „Ich werde das nie vergessen: Zwei Männer in Pyjamas hatten das Licht neben ihren Futons angeknipst und starrten mich an. Es ist mit Worten nicht zu beschreiben, was ich in diesem Augenblick empfunden habe. Und vermutlich wäre ich am Schock der eigenen Scham gestorben, hätten die beiden nicht plötzlich gelächelt und wären sie nicht sofort aufgesprungen, um Putzsachen aus dem Kasten zu holen und mir zu helfen. ‚Top secret, top secret', haben sie immer wieder gesagt und sich irrsinnig abgehaut."

Gut zu wissen: Wasabi ist eine sehr scharfe Krenpaste und daher nur in geringen Dosen zu verzehren.

Toilette in Japan: Das gebräuchlichste Wort ist „Toire" (トイレ) oder „Resutorūm" (レストルーム, von engl. „restroom").

- **RAINER SCHÖNFELDER**
  Schirennläufer, geboren am 13. Juni 1977 in Wolfsberg.
- **ERFOLGE:**
  2 Olympia-Medaillen
  2 WM-Medaillen
  1 x Slalom-Weltcup

„Bon Jovi hat kein Weltcup-Rennen gewonnen und darf trotzdem singen. Ich darf nur singen, wenn ich gewinne – das ist schade und nicht richtig."

(Österreichs Slalom-Ass Rainer Schönfelder im Jahre 2004.)

Farbbild 1: Franz Klammer auf dem Weg zur Goldmedaille in der Abfahrt bei den Olympischen Spielen 1976 in Innsbruck.

Farbbild 2: Vor so einem Tor kann's schon mal eng werden: Massenkarambolage auf dem Eis während eines Spiels der Deutschen Eishockey-Bundesliga 1998.

Farbbild 3: Ist die schon echt? Renate Götschl mit der Bronzemedaille bei der Siegerehrung des Super-G der Damen im Februar 2007 in Åare/Norwegen.

ALEXANDRA MEISSNITZER & RENATE GÖTSCHL

THE NAKED QUEEN

Während der Olympischen Winterspiele in Nagano 1998 waren die berühmten japanischen Badehäuser auch bei den Sportlern und Sportlerinnen sehr beliebt. Wie in den Wellnessbereichen westlicher Hotels geht es dabei in erster Linie um die Entspannung von Körper und Seele.

Perfekt, um die Anspannung vor dem ersten Rennen abzustreifen, dachten sich Alexandra Meissnitzer und Renate Götschl, und suchten das Badehaus im Hotel der österreichischen Schi-Damen-Mannschaft auf.

Da saßen sie also im Evaskostüm in dem Becken mit heißem Wasser. Mit zu heißem Wasser, wie sich herausstellen sollte. Denn die Meissi vertrug die Hitze nicht und stieg bald wieder aus der Wanne. Renate blieb drinnen, bis sie einen dumpfen, aber umso lauteren Aufprall hörte. Sofort lief Götschl in die Dusche und fand Meissnitzer bewusstlos am Boden, mitten in einer großen Blutlache, mit einer riesigen Wunde am Kopf. Alexandra war beim Kaltduschen schwarz vor den Augen geworden und sie war gegen eine Steinkante gestürzt.

In Panik schrie Götschl so laut sie konnte: „A doctor, a doctor, help me, I need a doctor!"

Innerhalb kürzester Zeit war das halbe Hotel im Bad versammelt, darunter andere Rennläuferinnen, Trainer, Serviceleute und zum Glück auch ein Arzt.

Meissi erhielt Erste Hilfe, kam wieder zu sich, sah – am Boden liegend – all die vielen Menschen um sich und wird nie die ersten Worte von Cheftrainer Karl („der Eiserne") Frehsner vergessen. Der drehte sich nämlich zu „Speed-Queen" Götschl um und sagte: „Und du ziehst dir jetzt gefälligst was an." Denn während Meissnitzer von dem Arzt mit einem Handtuch zugedeckt worden war, stand Renate noch immer splitternackt da! In der ganzen Aufregung und Sorge um ihre Freundin hatte sie vergessen, sich etwas umzuhängen – sehr zur Freude mancher der anwesenden Männer.

Meissnitzer wurde an der 12 cm langen Wunde mit einigen Stichen genäht und holte trotz der Kopfverletzung Silber im Riesentorlauf und Bronze im Super-G.

- **RENATE GÖTSCHL**
  Schirennläuferin, geboren am 6. August 1975 in Judenburg.
- **ERFOLGE:**
  Gesamtweltcup 2000
  3 x WM-Gold

- **ALEXANDRA MEISSNITZER**
  Schirennläuferin, geboren am 18. Juni 1973 in Abtenau.
- **ERFOLGE:**
  Gesamtweltcup 1998/99
  2 x WM-Gold

„Es ist wie beim Fischen. Solange die Angel draußen ist, kann einer anbeißen.“
(ÖSV-Präsident und Hobby-Fischer Peter Schröcksnadel in Sestriere 1997 zum unerwarteten Gewinn von Kombi-Gold durch Renate Götschl.)

„Der vierfache Erfolg ist mir eigentlich wurscht, wenn ich nur Vierte bin.“
(Alexandra Meissnitzer nach der WM-Damenabfahrt 1999, in der sie Götschl, Dorfmeister und Schuster den Vortritt lassen musste.)

Ein Elch-Test der besonderen Art: Alexandra Meissnitzer 2007 in Åare/Norwegen.

I HERMANN MAIER

DER HERMINATOR AUF ABWEGEN

Im November 1998 befanden sich Hermann Maier und seine Teamkollegen schon seit drei Wochen auf Trainingslager in den USA. Erstes Rennen in Park City, dann weiter nach Aspen. Eine Art Lagerkoller machte sich bei Hermann bemerkbar. Das Nachtleben des mondänen Schiortes, wo Hollywoodstars ihre Ferien verbringen, sollte Abhilfe schaffen.
Daher wollten Hermann und sein bester Freund und Zimmerkollege Andreas Schifferer am Abend vor dem Weiterflug nach Vancouver zu den Rennen in Kanada noch ein bisschen um die Häuser ziehen.
Auf ihrer Tour lernten sie ein paar lustige Leute kennen, die die beiden Schiasse from Austria zu einer Privatparty in eine Villa am Rand von Aspen einluden.
Als schon der Morgen graute, dämmerte es den beiden, dass sie ja noch ihre Koffer packen und daher zurück ins Hotel mussten. Man verabschiedete sich und versuchte ein Taxi zu rufen. Es kam aber keines.
Da standen Hermann und Andi nun in der Kälte und warteten auf das Brummen von einem Taxi. Aber es kam nicht. Zufällig entdeckte einer der beiden, dass in einem Auto auf dem Nachbargrundstück der Zündschlüssel steckte.
Etwas unüberlegt stiegen sie in den Wagen und fuhren ein Stück. Dann setzte sich aber die Vernunft durch, sie ließen das Auto stehen und setzten ihren Weg zu Fuß fort. Doch es war erbärmlich kalt und der Weg noch lang.
Wie sie so vor sich hin stapften, kamen sie an einer Baustelle vorbei. Ein Caterpillar und ein Gabelstapler mit steckenden Zündschlüsseln sprachen eine deutliche Einladung aus. Irgendwie dürfte es auf der Party ein Drink zu viel gewesen sein und die Unvernunft bekam wieder Oberhand. Hermann enterte den Caterpillar, Andreas den Gabelstapler. Man kann sich vorstellen, dass die schweren Baufahrzeuge in der klaren Winternacht einen Höllenlärm machten.
Als sie bei einem Plakat vorbeituckerten, das mit einem riesigen Porträt von Hermann Maier Werbung für das Schirennen machte, kam so

Schiweltmeisterschaft in Vail, Beaver Creek, 1999: Ein Polizist der „Colorado State Patrol" legt während eines Fototermins Hermann Maier spaßhalber wegen Schnellfahrens Handschellen an.

etwas wie schlechtes Gewissen auf. Sie stellten die Maschinen ab und gingen wiederum zu Fuß weiter.

Allerdings nur so weit, bis sie ein an einer Hauswand lehnendes Fahrrad sahen. Abermals ließen sie sich verleiten, sich fremdes Gut auszuborgen. Andi machte es sich auf der Lenkstange bequem und Hermann trat in die Pedale.

Es dauerte nicht lange, da wurden sie vom Sheriff mit Blaulicht und Sirene angehalten. Der war wegen des Lärms, den die Baumaschinen in den frühen Morgenstunden gemacht hatten, gerufen worden. Ein kurzer Fluchtversuch zu Fuß führte nicht weit. Hermann stolperte und fiel hin. Andi wurde von einem zweiten Polizeiauto gestoppt.

Die Polizisten kannten keine Gnade und schon gar keine Ehrfurcht vor berühmten Sportlern auf Abwegen und nahmen die zwei mit aufs Revier. Das war natürlich gar nicht lustig.

In der Früh wurden sie dann von Trainer Toni Giger ausgelöst, der das auch überhaupt nicht lustig fand. Nach schwierigen Verhandlungen durften Hermann und Andreas ausreisen. Zuvor mussten sie das Fahrrad zurückbringen und sich bei dem Besitzer entschuldigen.

Ein paar Monate später, im Februar 1999, fand die WM in Vail statt. Das bedeutete abermalige Einreise in die USA, bei der Maier und Schifferer von ihrer Schnapsidee in Aspen eingeholt wurden. Es lag nämlich eine Anzeige des Autobesitzers vor. Bei ihrer Spritztour, die ein Zeuge beobachtet haben wollte, sei das Getriebe kaputtgegangen. Für die in Rechnung gestellte Reparatur hätte sich der Besitzer ein neues Auto kaufen können. Hermann und Andreas zahlten zähneknirschend und durften einreisen.

Um den schwarzen Fleck auf seiner bis zum November 1998 weißen Weste zu überdecken, konnte sich der Herminator kurz darauf in Vail zwei goldene WM-Medaillen umhängen.

- **HERMANN MAIER**
  Schirennläufer, geboren am 7. Dezember 1972 in Altenmarkt.
- **ERFOLGE:**
  2 x Olympiagold, 1 x Silber, 1 x Bronze
  3 x Weltmeister
  4 x Sieger des Gesamtweltcups, 2000 mit genau 2000 Punkten ein neuer Rekord
  5 x Sieger des Super-G-Weltcups
  3 x Sieger des Riesenslalom-Weltcups
  2 x Sieger des Abfahrts-Weltcups

- **ADREAS SCHIFFERER**
  Schirennläufer, geboren am 3. August 1974 in Radstadt
- **ERFOLGE:**
  3x Olympia-Bronze
  7 x Sieger bei Weltcuprennen

„Zeus werd ich aber nicht einholen.“
(Maier bei den Olympischen Winterspielen in Nagano zu der Meldung, dass er nach seinem Horrorsturz mit Gold in den „Schi-Olymp aufgestiegen“ sei.)

„Gut, dass ich bei meinem Sturz auf den Kopf gefallen bin. Da hat es mir ein wenig den Druck rausgeschüttelt. Und ich hab' neue Gehirnzellen bekommen, von denen ich gar nicht wusste, dass ich sie habe."
(Maier nach seinem Super-G- und Riesentorlauf-Triumph in Nagano 1998.)

„Am 26. Oktober 1995 um 15 Uhr."
(Maier auf die Frage, wann er seinen letzten Ziegel als Maurer verlegt habe. – Selbst am Nationalfeiertag hat der Brave gearbeitet!)

„Hermann Maier. Einst ein Schwächling, jetzt ein Schi-Monster."
(Schlagzeile in der Züricher Zeitung *Sport* nach den eindrucksvollen Leistungen des Salzburgers.)

„Das ist ja keine Feier mehr, das sind ja fast schon Ausschreitungen."
(Maier, als er nach dem Ende der Weltcupsaison in seinem Heimatort Flachau von rund 10.000 Fans stürmisch gefeiert wurde.)

„Die Flaggen sind hier sehr stabil, aber ich habe nicht nachgegeben. Ich habe gedacht: Ich muss da durch, ich muss die Flagge zerstören."
(Maier zu seiner engen und extrem riskanten Fahrweise in der Herrenabfahrt 1999 in Vail.)

„Pfarrer von Flachau werden, Ministrant war ich ja schon."
(Maiers Antwort 1999, welche Ziele er nach dem zweiten WM-Gold noch habe.)

„Ich bin froh, dass ich nicht der Bundespräsident bin, denn der kann nur zweimal gewählt werden."
(Maier nach seiner dritten Auszeichnung zum „Sportler des Jahres" infolge im Jahr 2000.)

„Heute schmeckt der Sieg a bisserl salzig."
(Maier über seine Tränen nach dem sensationellen Comeback-Sieg im Weltcup-Super-G in Kitzbühel im Jänner 2003.)

FRITZ STROBL

DER BAUCHFLECK

Na klar kann er Schi fahren! 9 Weltcupsiege in Abfahrt und Super-G, dazu Olympiagold, das ist Beweis genug. Dennoch widerfuhr Fritz Strobl ein richtiges Hoppala. Vom Sportkommentator Robert Seeger bekam Fritz wegen seines geschmeidigen Fahrstils den Spitznamen „Fritz the Cat" verliehen. Nicht so geschmeidig verlief der Start für den Welcup-Super-G in Gröden 2006. Fritz, voll motiviert, sprang katzengleich aus dem Starthaus und landete 5 Meter später eher unelegant auf dem Bauch. Der zweifache Streif-Sieger war über seinen eigenen Schistock gestolpert! Da lag er nun im Schnee und überlegte. Sollte er zurück an den Start gehen oder weiterfahren? „Scheiß der Hund drauf!", dachte Fritz, rappelte sich auf und gab Vollgas. Von der Zwischenzeit bis zum Ziel fuhr er Bestzeit.

Zum Gaudium des Publikums und der Medien legte Fritz im Ziel dann noch einmal absichtlich einen Bauchfleck hin, was ihm einige Titelseiten am nächsten Tag einbrachte.

Wenn auch die Olympia-Teilnahme vergeigt war, für diesen publicityträchtigen Auftritt wurde Fritz von den Trainern mit dem „Marketingpreis für besondere Verdienste im alpinen Schiweltcup" in Form einer Torte und eines Südtiroler Wurzelsepps belohnt.

- **FRITZ STROBL**
  Schirennläufer, geboren am 24. August 1972 in Lienz.
- **ERFOLGE:**
  Olympia-Gold in der Abfahrt 2002
  Weltmeister im Teambewerb 2007
  9 Weltcupsiege

KLAUS SULZENBACHER

TROPHÄENSAMMELN AUF RUSSISCH

1986 hieß Sankt Petersburg noch Leningrad und das sowjetische Regime hielt seine mächtige Hand schützend über seine Bürger, um sie vor den teuflischen Versuchungen aus dem Westen zu bewahren. Was bekanntlich zur Folge hatte, dass alles, wirklich alles aus dem Westen heiß begehrt war. Das bekam auch der Weltcup-Tross der Nordischen Kombinierer zu spüren, als er Station in der Millionenstadt am Finnischen Meerbusen machte.
Die sowjetischen Fans rissen sich um westliche Ausrüstungsgegenstände jeglicher Art. Im Tausch gegen Wodka und Krimsekt versuchten sie zu ergattern, was möglich war – von Jacken bis Langlaufschi, von Thermosocken bis Schiwachs. Manche waren nicht gerade zimperlich in der Art und Weise, zu den Objekten ihrer Begierde zu kommen.
Diese Erfahrung musste auch Klaus Sulzenbacher machen, als er sich beim 15-Kilometer-Langlauf gerade einen kräftezehrenden Anstieg hinaufquälte. Plötzlich löste sich ein Fan aus der Zuschauermenge und stürmte ihm den Hügel hinauf nach. Mit einem entschlossenen Griff riss er dem völlig überraschten Sulzenbacher blitzschnell die Mütze vom Kopf und verschwand ebenso schnell wieder in der wogenden Menschenmenge. Klaus blieb nichts anderes übrig, als bei minus 10 Grad das Rennen baren Hauptes zu Ende zu laufen. Nach acht weiteren quälenden Kilometern in der russischen Eiseskälte wurde Klaus mit halb erfrorenen Ohren sogar noch Achter.

WER ZU SPÄT KOMMT …

Strbske Pleso in der Hohen Tatra – Kombinations-Weltcup und Spezialspringen an einem Tag. Die Kombi am Vormittag gewann Klaus Sulzenbacher souverän. Für das Spezialspringen am Nachmittag gönnte er sich eine ausgiebige Ruhepause. Danach spazierte Sulzenbacher für den Probedurchgang gemütlich zur Schanze. Im Auslauf schwang gerade der Schweizer Schaad ab, der eine Nummer vor Klaus an der Reihe war. Er fragte den Eidgenossen, ob er mit seinem Probesprung zufrieden sei.

13
di Fiemme

Da begann dieser herzhaft zu lachen und gab dem verdutzten Österreicher zu verstehen, dass das bereits der erste Durchgang war und Klaus schon längst oben auf dem Bakken sein sollte. Damit war Sulzenbacher ohne Sprung aus der Wertung geflogen. Aufs Peinlichste berührt und zornig auf sich selbst, schlich er sich still und heimlich vom Schanzenareal Richtung Hotel, wo er in aller Ruhe mit sich selbst hadern konnte, denn ihm wäre ein Platz sehr weit vorne sicher gewesen.

DAS LUNGENVOLUMEN EINES LANGLÄUFERS

Interviews mit ausgepumpten Sportlern nach einem anstrengenden Bewerb gehören nicht unbedingt zu den aufregendsten Frage-Antwort-Spielen. Aber manchmal findet sich dennoch ein guter Sager zwischen den schweren Atemzügen ins Mikrofon.

Nach dem Kombinationslanglauf beim Weltcup 1989 in Saalfelden befragte ein Reporter den erschöpften Klaus Sulzenbacher zu der herausragenden Laufleistung des Norwegers Elden. Klaus formulierte sehr bildhaft: „Unvorstellbar, wie der an mir vorbeigezogen ist. Ich glaube, der muss Lungen wie Mülleimersäcke haben!“ Elden hatte gewonnen, Klaus wurde Vierter.

- **KLAUS SULZENBACHER**
  Nordischer Kombinierer, geboren am 3. Februar 1965 in Kitzbühel.
- **ERFOLGE:**
  Weltmeister in der Staffel 1991 (Silber im Einzel)
  4 Olympia-Medaillen (1 Silber, 3 Bronze)
  2 x Gesamtweltcupsieger (14 Einzelweltcupsiege)
  Ist heute Physiotherapeut mit eigener Praxis.

Klaus Sulzenbacher beim Zieleinlauf bei der Nordischen Kombination in Val Di Fiemme 1991.

I ANDREAS GOLDBERGER

FLINSERLMANIA

Nach seinem ersten Sieg bei der Vierschanzen-Tournee 1993 wollte sich Goldberger selbst belohnen, indem er sich einen lang gehegten Wunsch erfüllte: Er ließ sich ein Flinserl stechen. Dieses sollte zu Goldis Markenzeichen werden.

Bald darauf, bei einem geselligen Abend mit seinem Fanclub in einem Wirtshaus im oberösterreichischen Waldzell, kam es zu einer Wette: Wenn Goldi im selben Jahr auch noch Weltmeister oder Weltcupgesamtsieger werden würde, dann würden sich die Fans ebenfalls das Ohrläppchen schmücken lassen.

Goldi wurde zwar nicht Weltmeister, gewann aber tatsächlich den Weltcup. Bei einer rasch organisierten Feier ließen rund 700 Menschen ihren Goldi hochleben, unter den Gästen auch zwei Ärzte. Denn der Fanclub hatte vor, das Versprechen einzulösen und sich ein Flinserl durchs Ohrläppchen stechen zu lassen. Auch andere ließen sich spontan von der Idee anstecken. Und so wurden an diesem Abend 80 (!) erwachsene Menschen zu Flinserl-Trägern, unter anderem auch der Bürgermeister von Waldzell.

Einige Tage später fand die offizielle Weltcup-Feier statt, zu der 3000 Gäste nach Waldzell kamen. Mit dabei war auch der oberösterreichische Landeshauptmann Josef Ratzenböck. Der Landesvater bekam als Gag ein Schmucketui überreicht, in dem ein Flinserl war. Als er es herausnahm, begannen die Zuschauer zu skandieren: „Flinserl! Flinserl! Flinserl!"

Im Überschwang der Gefühle ließ sich Ratzenböck zu dem Versprechen hinreißen, dass er sich tatsächlich diesen goldenen Knopf ins Ohrläppchen stechen lassen würde, sollte Goldi noch mal Weltcupsieger, Weltmeister oder gar Olympiasieger werden.

1994 wurde nicht Goldbergers großes Jahr, er konnte keinen großen Titel holen. Die Geschichte mit Ratzenböcks Flinserl geriet in Vergessenheit.

1995 jedoch gewann Goldi WM-Gold in Thunder Bay. Bei der Ehrenfeier in Waldzell wurde Ratzenböck dann wieder an seine Worte erinnert.

Andreas „Goldi" Goldberger bei der Vier-Schanzen-Tournee in Bischofshofen 2004.

Unter dem Kommando von 5000 Menschen – „Drei, zwei, eins, Schuss!" – wurde dem Landeshauptmann das Flinserl verpasst.
Er war nicht der Einzige. 500 weitere Goldi-Fans ließen sich ein Loch ins Ohr verpassen. Ein Juwelier aus Wels machte an diesem Tag das Geschäft seines Lebens.

DEM WALLNER SEIN BUA

Empfang bei Bundespräsident Dr. Kurt Waldheim. Angelobung der teilnehmenden Athleten für die Olympischen Winterspiele 1992 in Albertville. Waldheim schreitet die Reihe der Sportler ab, gibt jedem die Hand und führt ein wenig Small Talk. Als Vorletzter der Reihe steht Andreas Goldberger, neben ihm als Letzter Leo Wallner, Präsident des Österreichischen Olympischen Komitees. Waldheim geht auf die beiden zu, lächelt den schmächtigen, immer schon sehr jung wirkenden Goldi an und sagt zu Wallner: „Das finde ich aber nett, dass Sie auch Ihren Sohn mitgebracht haben."

- **ANDREAS GOLDBERGER**
  Schispringer, geboren am 29. November 1972 in Ried im Innkreis.
- **ERFOLGE:**
  3 x Gesamtweltcupsieger
  2 Olympiamedaillen
  10 WM-Medaillen
  2 x Sieger der Vierschanzentournee

MARKUS PROCK

DIE WUNDER-RODEL

Markus Prock war mit 23 Jahren schon ein ernstzunehmender Konkurrent für die etablierte Rodler-Elite. Für die WM 1987 in Igls trauten die Experten ihm einiges zu. Ein fünfter Platz sollte wohl zu erreichen sein. Nicht unbedingt eine Platzierung, mit der sich Markus zufriedengeben wollte, denn dafür gab es keine Medaille.

Procks Augenmerk richtete sich auf seinen Mannschaftskollegen Georg Fluckinger. Der war als Doppelsitzerspezialist seit Jahren sehr erfolgreich. Er fuhr den Einer nur so nebenbei und trotzdem unheimlich schnell. Für Prock war klar, dass Fluckinger eine ganz besondere Rodel haben musste, sonst konnte er ohne spezielles Training niemals solche Zeiten fahren.

Die Trainingsläufe zur WM waren in vollem Gange und Markus konnte seine begehrlichen Blicke nicht von der Fluckinger-Rodel lassen. Wenn nicht gefahren wurde, waren die heißen Kufen in den Werkstätten auf dem Gelände der Rodel- und Bobbahn von Igls untergestellt.

Montag war trainingsfrei und Prock nutzte die Gelegenheit, sich in Fluckingers Werkstatt zu schleichen und den Schlitten genauer unter die Lupe zu nehmen. Auf den ersten Blick war nichts zu erkennen, und Markus konnte nicht widerstehen, eine geheime Probefahrt zu unternehmen. Und siehe da, er war tatsächlich auf Anhieb schneller als mit seiner eigenen Rodel.

Er musste unbedingt dieses Wunderding haben.

Nun konnte Markus aber nicht so einfach zu Fluckinger gehen und sagen: „Du, ich hab deine Rodel heimlich ausprobiert. Ich tät sie gerne kaufen." Fluckinger war Zimmermann und hatte Hände wie Klodeckel. Grund genug für Markus, etwas diplomatischer vorzugehen. Er appellierte daran, dass Fluckinger sich ohnehin nur auf den Doppelsitzer konzentrieren musste und in dieser Disziplin die besten Chancen haben würde. Für ihn, den jungen Prock, wäre es eine tolle Chance, mit der Rodel eines mehrfachen Siegers in Weltcuprennen sein Glück zu versuchen.

Überraschend willigte Georg in den Handel ein und die Rodel wechselte um 10.000 Schilling plus einem Stubaitaler Schnitzmesser den Besitzer.
Markus Prock wurde auf Fluckingers Rodel Überraschungsweltmeister. Fluckinger selbst wurde im Doppelsitzer nur Elfter.
Die 10 Tausender, Schilling wohlgemerkt, haben sich für Prock mehrfach ausgezahlt. Er fuhr die Wunderwaffe viele Jahre und holte sich damit drei Weltcup-Gesamtsiege und eine silberne Olympiamedaille.

Schultert er hier die „Wunderrodel"? Markus Prock nach seinem WM-Sieg in Innsbruck-Igls 1987.

Erst sehr viel später hat sich Markus getraut, Georg reinen Wein einzuschenken. Er erzählte ihm von der heimlichen Nacht-und-Nebel-Aktion in Igls mit der „geborgten" Rodel. Fluckinger hatte zu dieser Zeit seine Karriere längst beendet und meinte nur lachend: „Eigentlich gehört dir jetzt noch eine gepràckt dafür!"

- **MARKUS PROCK**
  Rennrodler, geboren am 22. Juni 1964 in Innsbruck.
- **ERFOLGE:**
  3 x Weltmeister 1987, 1996, 1999
  2 x WM-Silber
  3 x WM-Bronze
  2 x Olympisches Silber
  1 x Olympische Bronze
  3 x Europameister
  10 x Gesamtweltcupsieger
  33 Weltcup-Siege

ANDREAS & WOLFGANG LINGER

TURIN – HIN UND ZURÜCK

29. Jänner 2005: Die Brüder Andreas und Wolfgang Linger, die spätestens seit ihrem Weltmeistertitel im Doppelsitzer 2003 zu den besten Rennrodlern der Welt gehörten, reisten zum Kennenlernen der neuen Olympia-Kunsteisbahn um 15 Uhr in Sestriere an.
18 Uhr Trainingsanfang. Die ersten Trainingseinheiten waren auch für die Doppelsitzer als Einsitzerfahrten geplant – jeder konnte zuerst für sich selbst die neue Bahn testen, den Einsitzer kann man in schwierigen Situationen einfacher bändigen.
Zweiter Lauf. Wolfi, an sich ein guter Einsitzerfahrer, kam in der Einfahrt von Kurve 17 zu Sturz, wurde bis ans Dach der Kurve gedrückt, dann Richtung Innenbande. Im Krankenhaus wurden ein komplizierter Knöchelbruch und ein Bruch des Wadenbeins festgestellt. Einrenken der Knochen, Gips, Schmerzmittel, rein ins Auto, Abfahrt aus Sestriere um 22 Uhr. Operiert wurde am nächsten Tag in Innsbruck.
Viel kürzer kann eine Olympia-Vorbereitung kaum ausfallen.
12 Monate später gewann das „Dynamische Duo“ Olympia-Gold in Turin auf der Eisbahn von Sestriere.

WER FÄHRT HIER EIGENTLICH?

In der Saison 2000/2001 reisten die Brüder Linger erstmals zu einem Rennen nach Nagano, Japan. Anreise selbstständig, aber immerhin sollten sie am Flughafen in Tokio abgeholt werden. Und wirklich, sie wurden von zwei Japanern mit einem Schild „Linger/Linger“ erwartet. Auf die auf Englisch gestellte Frage, ob sie die beiden Rodler nach Nagano bringen würden, antworteten die Söhne der roten Sonne mit einem höflichen „Hai“ (Ja), begleitet von einem netten Lächeln und einer kleinen Verbeugung. Als die Chauffeure das Gepäck sahen – vier große Taschen, zwei 80 Kilo schwere Materialboxen –, schlief ihnen leicht das Gesicht ein. Sie zeigten peinlich berührt auf ihren japanischen Kleinbus, der angesichts der zu verstauenden Menge ein

Andreas (r.) und Wolfgang Linger freuen sich über ihre Goldmedaille im Doppelsitzer bei den Olympischen Spielen in Turin 2006.

schlechter Scherz war. Nach einer halben Stunde Schlichten und Umschlichten konnte es losgehen Richtung Nagano, die beiden muskulösen Athleten auf der engen Rückbank mit einer der Materialboxen im Kreuz. Pilot und Kopilot vorne. Auf die Frage, wie lange die Fahrt denn dauern würde, gab es das freundliche, aber standardisierte „Hai" als Antwort. Damit war klar, dass sich jeder weitere Konversationsversuch erübrigen würde.
Die Lingers waren schon ziemlich lange auf den Beinen und fielen bald in einen Halbschlaf. Vom Gerüttel und dem Druck der Kiste im Kreuz wieder munter, sah Andreas von seinem Platz hinten rechts, dass der Japaner vorne links seinen Kopf an die Scheibe gelehnt hatte und schlief! „Hai! Hai! Hai!" schrie er in seiner Panik. Was anderes viel ihm nicht ein, aber der Sohn der Sonne blinzelte verschlafen nach hinten. Und da erst wurde Andreas schlagartig klar, dass in Japan der Fahrer

RECHTS sitzt. Zwar gerädert vom stundenlangen, menschenunwürdigen ins Auto gepfercht zu sein, erreichte ohne weitere Vorkommnisse man das Hotel in Nagano. Noch nie waren die Brüder so froh, ein vertrautes „Servus" von ihren österreichischen Mannschaftskollegen zu hören.

- **ANDREAS UND WOLFGANG LINGER**
  Rennrodler, geboren am 31. Mai 1981 (Andreas) und am 4. November 1982 (Wolfgang) in Hall in Tirol.
- **ERFOLGE:**
  Weltmeister Sigulda 2003
  Olympiasieger im Doppelsitzer Turin 2006

CLAUDIA KRISTOFICS-BINDER

DAS KOMMT VOM BLÖDELN

Im Eiskunstlauf ist es üblich, dass jedes Jahr Europa- und Weltmeisterschaften ausgetragen werden. Einerseits ist das, neben all den anderen internationalen Wettkämpfen, natürlich sehr anstrengend für die Athleten, andererseits hat man so jedes Jahr die Chance, Sprosse für Sprosse die Erfolgsleiter hinaufzuklettern. Claudia Kristofics-Binder hatte das Glück, von 1976 bis 1982 als Österreichische Staatsmeisterin in jedem dieser Jahre automatisch für diese Großereignisse qualifiziert zu sein und sich so im Laufe der Jahre wirklich vom Mittelfeld bis an die Weltspitze der Eiskunstläuferinnen emporzuarbeiten.
Wie das Leben so spielt, war der Weg an die Spitze natürlich immer wieder von Tiefschlägen gekennzeichnet, und so lag über der EM ein Fluch, der sie dreimal hintereinander während der EM jeweils in aussichtsreichster Position ausfallen ließ.
1979 war es ein Schlüsselbeinbruch, den sich Claudia offiziell beim Aufwärmen zugezogen hatte. In Wahrheit jedoch – das durfte zu dieser Zeit natürlich niemand wissen – passierte es so:
Am Tag der Auslosung (Zagreb 1979) für Claudias ersten Bewerb war die Stimmung im österreichischen Team sehr ausgelassen. Am Hotelgang wurde geblödelt.
Claudia stand hinter einem der Eistänzer des Teams. Der griff nach hinten, packte sie an den Armen und hob sie über seinen Rücken hoch. Dann beugte er sich vor und die österreichische Medaillenhoffnung rutschte seitlich von ihm runter. Weil der junge Mann dabei ihre Hände festhielt, um sie irgendwie vor dem Absturz zu bewahren, konnte sie sich nicht einmal abfangen. Das Schlüsselbein quittierte den Aufprall auf dem Boden mit einem satten Knacks.
Die stechenden Schmerzen machten sofort klar, dass es gebrochen war.
Neben dem ersten Schock war die Situation natürlich für alle Beteiligten total peinlich. Die Wahrheit über den Unfallhergang durfte auf keinen Fall an die Öffentlichkeit. Schließlich waren auch andere

Claudia Kristofics-Binder bei der Eiskunstlauf-WM 1979 in Wien.

Teammitglieder beteiligt. Claudias Hoffnung auf ihre erste mögliche EM-Medaille war dahin. Was fast noch schlimmer war – einen Monat später fand in Wien die WM statt. Also Heim-WM! Und Claudia konnte mit einem gebrochenen Schlüsselbein nicht dabei sein, nur weil geblödelt wurde! Wie blöd war das denn?

Doch der Wille kann Berge versetzen oder Schlüsselbeine schließen. Dank bester Betreuung und einem eigens für diese Situation konzipierten „Not-Trainingsprogramm" wurde das Unmögliche möglich. Claudia nahm an der WM teil und konnte dem Wiener Publikum mit einem 7. Platz sogar eine recht respektable Leistung bieten.

HOLIDAY ON ICE

Nach ihrer Zeit als Amateurin hatte Claudia Kristofics-Binder durch ihre Erfolge die Möglichkeit, als Profi-Läuferin Auftritte bei diversen Shows zu absolvieren, unter anderem auch bei „Holiday on Ice", ein lukrativer und gleichzeitig sehr angenehmer Job. Als „Gast-Star" hat man nämlich im Vergleich zu den anderen Artisten den Vorteil, lediglich zwei Solonummern zeigen zu müssen und beim Finale als großer Star angekündigt zu werden.
Doch wenn man so im Rampenlicht steht, gibt es natürlich auch mal Schattenseiten. Bei einem Gastspiel in München passierte das wohl peinlichste Hoppala, das einem Star passieren kann:
Großes Finale, Claudia wurde als der Gaststar ganz zum Schluss aufgerufen. Wie jeden Abend lief sie mit elegantem Schwung über die Eisfläche, um noch eleganter in der Mitte abzubremsen und sich schließlich zwischen den anderen Solisten und Chorus-Mitgliedern zu positionieren. An diesem einen Abend aber verkantete sie sich mit den Kufen in einer heimtückischen Rille im Eis derart unglücklich, dass sie mit einem bombigen Bauchfleck beinahe ihre Kollegen wie „alle Neune" beim Kegeln abgeräumt hätte.
Zwar rappelte sich Claudia blitzschnell auf und tat so, als wäre nichts passiert. Aber es wäre ihr viel lieber gewesen, der eisige Boden hätte sich aufgetan und sie verschluckt.

- **CLAUDIA KRISTOFICS-BINDER**
  Eiskunstläuferin, geboren am 5. Oktober 1961 in Wien.
- **ERFOLGE:**
  6 x Österreichische Meisterin
  1 x Europameisterin
  2 WM-Medaillen

MICHAEL HADSCHIEFF

MANCHMAL HAT MAN EIN BISSERL PECH

Der Eisschnellläufer Michael Hadschieff hat uns eine Geschichte geschickt, die wir in genau dem Stakkato seiner Schnelllauf-Schritte wiedergeben möchten:

„Bei der Anreise zu meinen ersten Olympischen Spielen nach Sarajevo 1984 wollten wir nichts dem Zufall überlassen und wählten eine ganz ‚sichere' Variante. Da der Flughafen in Sarajevo oft im Nebel liegt, beschloss der Teamleiter, die Variante Innsbruck – Flug nach Zürich – Weiterflug nach Belgrad – Bustransfer nach Sarajevo, Reisedauer ca. 4:30 h. Was dann passierte: Flugzeug aus Wien hatte Verspätung (starker Wind) – Flug von Innsbruck nach Zürich doppelt verspätet – Anschlussflug nach Belgrad verpasst – Ersatzflug nach Laibach – Warten auf Weiterflug nach Belgrad – endlich Flug nach Belgrad – Transferbus nicht mehr da – schnelle Anmietung eines Kleinbusses – Busse voll und überladen – Weiterfahrt Richtung Sarajevo – nach 100 km der erste Platte – 50 km weiter der zweite Platte – glücklicherweise Hotel in unmittelbarer Nähe – 2 Stunden Schlaf in der Hotellobby – Weiterreise mit vermeintlich neuem Bus – Abschleppwagen nahm den Bus huckepack – Weiterfahrt zu irgendeiner Stadt in Bosnien – Umsteigen in normalen Linienbus – Trainer mit Abschleppwagen und Bus Richtung Sarajevo unterwegs, aber auf erster Steigung streikte auch der Abschleppwagen – wir erreichten nach über 24 Stunden das Olympische Dorf, warteten noch 2 Stunden auf Trainer und Gepäck und schafften noch die Eröffnungszeremonie und den Einmarsch mit den Athleten – das hinderte mich nicht, über 10.000 m Fünfter zu werden."

So viel zu den „verwöhnten" Sportstars.

MANCHMAL HAT MAN EIN ZWEITES MAL EIN BISSERL PECH

Auch hier lassen wir Michael Hadschieff im O-Ton:

„Nach Ende der Olympischen Spiele in Calgary 1988 musste ich gleich weiter zu den Weltmeisterschaften nach Medeo, damals Russland – jetzt

VGZ

Kasachstan. In Innsbruck gab es noch einen kurzen Aufenthalt für einen Empfang für mich als Medaillengewinner (Silber und Bronze). Danach reisten wir über Wien nach Moskau und weiter nach Alma Ata.
Leider kannte unser Gepäck die Reiseroute nicht, und so zogen es unsere Koffer vor, nach Istanbul zu reisen. Wir waren glücklich in Alma Ata, unser Gepäck in Istanbul. In Medeo kein Kaufhaus. Außer den Eislaufschuhen, Waschbeutel und Rennanzug hatte ich nichts dabei und konnte auch nichts kaufen. So tauschten wir mit anderen Nationen Wäsche und Trainingssachen und warteten auf unsere Sachen.
Der erste Wettkampftag verging ohne neue Wäsche, auch am zweiten Tag dasselbe Bild. Kurz vor der Siegerehrung am Sonntag traf dann das Gepäck ein, uns war somit wenigstens dieser Empfang in frischem Gewand gesichert. Zu feiern gab's einen 2. Platz über 10.000 m, gesamt einen 4. Platz, aber beim Feiern den ersten Platz! Allerdings hatte das lange Feiern in Alma Ata unangenehme Auswirkungen. Da im höher gelegenen Medeo um Mitternacht Schneefall einsetzte und daher das Taxi streikte, musste ich mit meinen glänzenden Ballschuhen mit glatten Sohlen durch den Schnee stapfen. Weil zu allem Überfluss das Hotel schon fest verschlossen war, musste ich mich als Fassadenkletterer üben. Über die Balkone gelangte ich in den 4. Stock, stieg bei einer offenen Balkontüre ein, durch die Zimmertüre kam ich auf den Gang und erst dann in mein Zimmer.
Ich hatte gedacht, mit der fürchterlichen Anreise nach Sarajevo vier Jahre vorher alle meine Sünden abgebüßt zu haben, aber das war ja fast so eine Expedition wie die Reise nach Sarajevo!"

- **MICHAEL HADSCHIEFF**
  Eisschnellläufer, geboren am 5. Oktober 1963 in Innsbruck.
- **ERFOLGE:**
  2 x Weltcupsieger
  2 Olympiamedaillen
  Sportler des Jahres 1986

Nach den Widrigkeiten des Reisens ist ein „Heimspiel" umso schöner. Michael Hadschieff bei den österreichischen Sprint-Meisterschaften der Eisschnellläufer auf dem Wiener Eisring Süd 1990.

NOCH MEHR ANEKDOTEN AUS EIS UND SCHNEE

HANS KNAUSS – WENN ZWEI DEN GLEICHEN GEDANKEN HABEN …

Nach der Schi-Saison 1996/97 beschloss die FIS eine einschneidende Änderung im Reglement. Die Bindungsplatten, die bei den damals noch relativ neuen Carving-Schiern eine große Rolle spielten, wurden in der Höhe limitiert. Vor allem die ÖSV-Läufer hatten von der hohen Platte profitiert, weshalb die neue Regel natürlich im ersten Sommer-Trainingslehrgang das Gesprächsthema war.

Als es zum ersten Mal auf den Gletscher-Schnee ging, fielen allen sofort die Schischuhe von Pepi Strobl auf. Es war deutlich zu erkennen, dass der Schuh eine ungewöhnlich dicke Sohle hatte und dass der Pepi sehr hoch im Schuh stand.

Doch keiner der Läufer verlor auch nur ein Wort darüber. Jeder tat so, als hätte er das gar nicht gesehen.

So auch Hans Knauss. Doch bereits am Tag nach der Rückkehr vom Trainingslager fuhr der Schladminger mit seinen Schuhen nach Salzburg zur Firma Karbotech, die er von den Umbauarbeiten am Chassis seiner Ducati kannte. Den Mitarbeitern dort erklärte er sein Problem und den Wunsch, die Schuhe mit Karbon „aufzudoppeln". Nachdem ihm versichert worden war, dass dies kein Problem sein würde, wollte Knauss gerade gut gelaunt die Firma verlassen, doch wer kam ihm da entgegen, ebenfalls mit Schischuhen in der Hand? – Hermann Maier! Kurzes Hallo, ein verlegenes: „Was machst denn du da?",

„Du, ich brauche neue Teile für mein Motorrad."

„Lustig, stell dir vor, ich auch!"

Schnell verabschiedete man sich voneinander, ohne je das Rätsel gelöst zu haben, wozu man beim Bestellen von Motorradersatzteilen die Schischuhe mitnehmen muss.

Die darauffolgende Saison 1997/98 war übrigens eine der erfolgreichsten für beide, gekrönt in Nagano durch zweimal Olympia-Gold für Maier und Olympia-Silber für Knauss.

EISHOCKEY-WM – FREIWILD AUF DEM EIS

Bei der Eishockey-A-Gruppen-Weltmeisterschaft 1994 in Bozen schlug sich Österreichs Team ausgezeichnet. So kam es, dass man sogar das Spiel um den Viertelfinal-Einzug erreichte. Der Gegner war allerdings eine schier unüberwindbare Hürde – nämlich ausgerechnet Kanada, der mehrfache Weltmeister aus dem Mutterland des Eishockeys.

Am Tag vor dieser Begegnung hatten beide Teams die Möglichkeit, in der Halle zu trainieren, die Österreicher zuerst. Beim Umziehen in der Kabine entdeckte Engelbert Linder, dass in der Nebenkabine gerade die Dressen der Kanadier beflockt wurden, dass also Namen, Nummer und das berühmte „maple-leaf" aufgebügelt wurden. Linder schlich in diese Kabine und nahm sich kurzerhand einen kanadischen Dress, um ihn beim Training zu tragen …

Immer wieder rücksichtsvoll: Der Kanadier Luke Richardson im Clinch mit dem österreichischen Teamkapitän Manfred Mühr während eines österreichisch-kanadischen Duells im Jahr 1996.

Wie sich herausstellen sollte, ein Fehler in mehrerlei Hinsicht. Denn Linder erwischte ausgerechnet das Leiberl von Luke Richardson, der weniger ob seiner Eishockey-Künste, sondern vielmehr wegen seiner überharten, brutalen Spielweise bekannt war, dazu von der Statur her ein Henker mit einem – wie Gerhard Unterluggauer sich bis heute gut erinnern kann – „Riesenschädel".

Linder trägt also zum Gaudium seiner Mitspieler beim Training diesen Dress. Zu seinem Unglück kam bereits während des Trainings die kanadische Mannschaft in die Halle und schlenderte hinter dem Tor her Richtung Kabine. Plötzlich Aufregung, Fingerzeigen, teils Gelächter – da spielt ja einer bei den Österreichern in einem kanadischen Dress! Nur einer konnte darüber nicht lachen: Luke Richardson.

Die österreichische Delegationsleitung entschuldigte sich nach dem Training bei den Kanadiern, es sei ein dummer Scherz gewesen, die Kanadier nahmen die Entschuldigung lachend an. Nur einer nicht: Luke Richardson.

Am nächsten Tag also das entscheidende Spiel, jeder hatte den Vorfall vergessen – nur einer nicht! Der gute Luke Richardson dürfte ein wenig nachtragend gewesen sein, denn während des Spiels hatte er offensichtlich nur ein Ziel: Linder zu killen. Ein Bodycheck war brutaler als der andere, Linder lag permanent mit schmerzverzerrtem Gesicht auf dem Eis. Es folgte natürlich eine längere Bank-Strafe für Richardson, die seinen Zorn noch gesteigert haben dürfte. Denn kaum wieder auf dem Eis, visierte er schnurstracks Linder an, um diesem den Rest zu geben. Linder flüchtete regelrecht. Was darauf folgte, war eine minutenlange Verfolgungsjagd auf dem Eis, sehr zum Vergnügen der Zuschauer, die freilich den Grund für diese Hetzjagd nicht kannten. Der österreichische Teamchef machte dem bösen Spiel ein Ende, indem er Linder vom Eis nahm und bis zum Schluss nicht mehr einsetzte.

Worüber Linder ausnahmsweise gar nicht unglücklich war.

ZU FRÜH GEFREUT

Während der Eishockey-WM 1996 in Schweden erfuhr Gigsi Günthner, dass aus der NHL Interesse an seiner Person bestand: der Traum eines jeden Eishockey-Spielers. Eines Morgens beim Frühstück im Hotel sah er eine schwedische Zeitung am Tisch liegen, auf der Titelseite sein Foto. Günthner war ganz außer sich, rief gleich die Mitspieler zusammen und meinte: „Das steht sicher drinnen, dass ich in Amerika spielen werde.“

Sofort wurde ein Dolmetscher geholt, der übersetzen sollte. Günthner hätte dies besser unterlassen sollen. Denn da stand geschrieben: „Der bis jetzt schlechteste Spieler dieser WM kommt aus Österreich und heißt Gigsi Günthner – ein richtiger Schwarzbeer-Klauber.“

Was auch immer in Schweden ein „Schwarzbeer-Klauber“ ist, diesen Spitznamen ist Günthner lange nicht losgeworden.

I RÄDER UND PS

I JOCHEN RINDT

ENTSCHEIDUNG IN DER MUR

Jochen Rindt hatte einen deutschen Vater und eine österreichische Mutter. Er wurde zwar in Deutschland geboren, kam aber nach dem Tod seiner Eltern bereits im Alter von einem Jahr nach Österreich. Damit sind alle Ansprüche der Deutschen auf den Formel-1-Weltmeister obsolet. Das musste jetzt noch einmal deutlich gesagt werden.
Jochen ging gemeinsam mit Helmut Marko, dem heutigen Red-Bull-Racing-Chef in Bad Aussee, ins Gymnasium. Jochen und Helmut waren schon damals unheilbar vom Rennfieber infiziert. In ihrem jugendli-

Jochen Rindt beim Großen Preis von Österreich in Zeltweg 1970.

Collstrop
SportsTech
237
CSC

Agip
Marlboro Marlboro
GOODYEAR
G.BERGER
Marlboro
Agip
PIONEER

N. LAUDA

chen Leichtsinn – um nicht zu sagen ihrer grenzenlosen Dummheit – trugen sie ihre Rennen auf öffentlichen Straßen aus.
So auch eines Nachts von Graz nach Bruck an der Mur …
Jochen ließ seinen VW-Käfer brummen, Helmut seinen Chevrolet donnern. Hinsichtlich Höchstgeschwindigkeit hatte das bucklige Krabbeltier keine Chance gegen den Ami, also einigte man sich per Gentlemen's Agreement darauf, dass Marko auf der Geraden nicht überholen durfte. Der Zweikampf sollte sich ausschließlich in den Kurven abspielen. Man kann sich ungefähr vorstellen, wie es auf der kurvenreichen Strecke zugegangen sein muss: ein Albtraum für jeden halbwegs verantwortungsbewussten Autofahrer. Es kam, wie es in der nächsten Kurve kommen musste, in Form eines entgegenkommenden LKWs. Für drei Fahrzeuge war definitiv nicht genug Platz auf der Straße. Der gerade in einem Überholversuch befindliche Marko musste seinen Wagen verreißen und stürzte ungebremst in die Mur.
Rindt, der schon damals als Vorbild für alle coolen Hunde hätte herhalten können, stand am Straßenrand, schaute hinunter zum Fluss, wo sein Freund gerade aus dem zerknitterten Chevy kletterte, und sagte bloß: „Na, jetzt ist wohl klar, wer gewonnen hat."

- **JOCHEN RINDT**
  Formel-1-Fahrer, geboren am 18. April 1942 in Mainz, gestorben 5. September 1970 in Monza.
- **ERFOLGE:**
  Posthum F1-Weltmeister 1970
  6 GP-Siege

- **HELMUT MARKO**
  Autorennfahrer, geboren am 27. April 1943, in Graz
- **ERFOLGE:**
  Le Mans-Sieger 1971

Farbbild 1: Auch bei den Pedalrittern kann's drunter und drüber gehen: Massenkarambolage beim Radklassiker Paris–Roubaix 2005.
Farbbild 2: Gerhard Berger im roten Ferrari beim Grand Prix in Monza 1993.
Farbbild 3: Auf kalten Kufen statt heißem Gummi: Niki Lauda und Bernie Ecclestone bei einer gemütlichen Rodelpartie bei der Kitz Charity Trophy 2004.

NIKI LAUDA & GERHARD BERGER

GEIZ IST GEIL

Watkins Glen, kurz vor dem Grand Prix der USA, Mitte der 1970er-Jahre. Das Wetter ein Albtraum. Regen und teils sogar Schnee machten ein reguläres Training unmöglich. Die beiden österreichischen Journalisten Otto Burkhart und Helmut Zwickl hefteten sich an die Fersen von Niki Lauda, um irgendetwas Berichtenswertes zu ergattern. Aber Lauda war gerade schwerstverliebt in seine neue Flamme (und spätere Ehefrau) Marlene, hatte nur Herzerln in den Augen und keinen Kopf für Fragen von verzweifelt nach einer Story suchenden Reportern. Doch Otto und Helmut gaben nicht auf, sie ließen Niki nicht aus den Augen. Als dieser bemerkte, dass die zwei ihm auch beim Schmusen zusahen, gab er klein bei. Er lud sie ein, ihn am Abend in seinem Hotel zum Abendessen zu besuchen. Dort würde er ihnen alles über den bevorstehenden Grand Prix erzählen.

Lauda hielt Wort. Man traf sich im Hotelrestaurant. Marlene war auch anwesend. Lauda war gesprächig und plauderte aus der Boxenstraße. Dazwischen heftiges Turteln mit seiner Marlene. Das Dessert war beendet, mehrere Flaschen des guten Roten geleert, die Notizblöcke der beiden Journalisten voll.

Da streckte sich Lauda, gähnte vordergründig hintergründig und meinte zu Marlene, dass es Zeit wäre, aufs Zimmer zu gehen. Das Liebespaar erhob sich, verabschiedete sich artig und verließ das Restaurant. Ohne zu zahlen.

Es blieb den chronisch unterbezahlten Journalisten nichts anderes übrig, als die Rechnung, die in amerikanischen Hotelrestaurants prinzipiell als astronomisch hoch einzustufen ist, zu übernehmen.

Zwei fesche Hegel in der „Einserpanier": Formel-1-Mehrfach-Weltmeister Niki Lauda (l.) und „Adlatus" Gerhard Berger am Wiener Opernball 1987.

parmalat
Racing

GUTE FREUNDSCHAFT, GUTE RECHNUNG

Gerhard Berger hatte einen Mentor: den Journalisten und Teammanager im Motorsport, Dieter Stappert. Dieser arrangierte ein großes Berger-Interview mit den oben erwähnten Otto Burkhart und Helmut Zwickl. Ort des Treffens war ein ultranobles Fischrestaurant an der portugiesischen Atlantikküste nahe Estoril.

Obwohl das Gespräch mit Berger aus journalistischer und auch kulinarischer Sicht mehr als zufriedenstellend verlief, konnten sich Otto und Helmut eines unguten Gefühls nicht erwehren. Nach all den Jahren hatten sie nicht vergessen, welch tiefes Loch Niki Laudas wenig diskreter Abgang im Hotelrestaurant von Watkins Glen in ihre Brieftaschen gerissen hatte. Und dieser noble Schuppen bei Estoril hatte nicht einmal Preise auf der Speisekarte stehen. Otto überlegte, ob er sich durchs Toilettenfenster dünnemachen sollte, Helmut sah sich schon für Monate Geschirr abwaschen.

Doch man sollte die Rechnung nicht ohne gute Freunde machen. Als solcher bewies sich Stappert. Denn als die Rechnung kam, schob er sie wie selbstverständlich Gerhard Berger zu. Immerhin hatte er doch die Gelegenheit gehabt, dass ihm zwei absolute Top-Journalisten Gehör und ihre Zeit geschenkt hatten. Als Gerhard die Rechnung sah und seine Platin-Kreditkarte ziehen musste – mit der Goldenen wäre es sich wahrscheinlich nicht ausgegangen –, wurde er ebenso blass wie Otto und Helmut damals in Watkins Glen.

- **NIKI LAUDA**
  Formel-1-Rennfahrer, geboren am 22. Februar 1949 in Wien.
- **ERFOLGE:**
  3 x F1-Weltmeister

- **GERHARD BERGER**
  Formel-1-Rennfahrer, geboren am 27. August 1959 in Wörgl.
- **ERFOLGE:**
  210 GP-Starts
  10 GP-Siege
  48 Podestplätze
  21 schnellste Runden

„Rote Kappe, blaue Augen, wenig Haare, beim genaueren Hinschauen rechtes Ohr abgebrannt, vorstehende Zähne. Und aus.“

(Lauda bei einem Interview mit der Illustrierten *Bunte* 1999 auf die Frage, wie er einem Blinden sein Aussehen beschreiben würde.)

„Der Gerhard ist sicher 50-facher Weltmeister, wie man Geld in der Formel eins verdient. Da war er unschlagbar.“

(Niki Lauda im *apa*-Interview zu seinem 50. Geburtstag 1999 über Gerhard Berger.)

„Mit Präservativen ist das wie mit dem Sicherheitsgurt in Autos: Es ist nicht komfortabel, aber man gewöhnt sich daran.“

(Formel-1-Pilot Gerhard Berger 1995.)

„Dann merken sie ja, dass ich kurzsichtig, schwerhörig und Alkoholiker bin.“

(Gerhard Berger zur geplanten Einführung eines Führerscheins für Formel-1-Piloten 1996.)

„Das ist, als ob der Fiat Uno Nachfolger vom BMW 740 wird.“

(Gerhard Berger 1997 während des GP von Österreich auf die Frage, ob er evtl. Nachfolger von Bernie Ecclestone wird.)

RUDI STOHL

SCHWEIN GEHABT

Rudi Stohl, österreichisches Rallye-Urgestein, startete 1975 das erste Mal bei der 1000-Seen-Rallye. Das Abenteuer begann schon bei der Anfahrt, denn Rudi ist mit dem Rallye-Auto von Wien nach Finnland gefahren.

Nachts über die Autobahn der damaligen DDR hätte man schon als erste Sonderprüfung werten können.

Es war so etwa um vier Uhr morgens. Außer Stohl befand sich noch ein weiteres Auto auf der sonst gespenstisch leeren Straße. Just in dem Moment, als Stohl sich dem Vorausfahrenden näherte, rammte dieser eine unvorsichtig querende Wildsau. Das Borstenvieh flog in hohem Bogen über den Wagen und landete unmittelbar vor Rudis Rädern. Ein Ausweichen war nicht mehr möglich. Das arme Schwein wurde zur Rampe und Stohls Rallyegerät machte einen mächtigen Sprung wie über die Kuppen der 1000-Seen-Rallye. Die Landung war ebenso hart, und das überstand der Querlenker leider nicht. Die Reparatur am Pannenstreifen der DDR-Autobahn dauerte bis in die Morgenstunden.

ZUM KOTZEN

Ohne weitere gröbere Vorkommnisse erreichte der todmüde Rudi Stohl Finnland. Er hatte schon viel von den topografischen Besonderheiten der 1000-Seen-Rallye gehört. Vor allem von den zahllosen Kuppen, die – mit vollem Tempo genommen – zu Respekt einflößenden Sprunghügeln werden. Die finnischen Fahrer gelten als furchtlos und lassen das Gaspedal auf Anschlag. Daher auch der Begriff von den „fliegenden Finnen."

Nun, auch Stohl war nicht gerade als zimperlich verschrien. Also ging er das Training recht forsch an. Zu forsch, denn nach einigen Kilometern auf der Hochschaubahn in den finnischen Wäldern drehte es Stohl den Magen um und er musste sich übergeben. Von seiner eigenen Fahrweise, wohlgemerkt!

100?

Stohl setzte dann das Training sicherheitshalber mit leerem Magen fort. Auf einer langen Geraden vor einer Kuppe stand ein Schild mit der Aufschrift „100". Rudi wunderte sich kurz, ob es sich um eine Geschwindigkeitsbegrenzung handeln sollte. Aber ein Tempolimit bei einem Rennen war eher auszuschließen. Was Stohl nicht wusste: „100" war der bisherige Weitenrekord über den folgenden Sprunghügel. So blieb er ahnungslos am Gas und flog und flog und flog. Ob er den Rekord dabei gebrochen hat, ist nicht bestätigt. Aber am Auto war so einiges gebrochen, vor allem die Hinterachse, und es war viel Arbeit, den Wagen bis zum Rennen wieder einigermaßen fit zu bekommen.

DAS ELFTE GEBOT

Vor dem Start fuhr ein finnisches Damenteam in den Parc Fermé ein und versuchte das Auto einzuparken. Es war grauenvoll, das mit ansehen zu müssen. Stohl war entsetzt, dass die Pilotin offenbar überhaupt keine Ahnung vom Autofahren hatte. Besorgt ging er auf sie zu und bat sie eindringlich: „Wenn ich in einer Sonderprüfung auf Sie auflaufe und überholen möchte, fahren Sie bitte ganz schnell zur Seite. Danke."

Gleich in der ersten Sonderprüfung trat dann das elfte Gebot in Kraft: Du sollst dich nicht täuschen! Rudi kam nicht einmal der Staubfahne der Damen nahe. Die fliegenden Finninnen nahmen dem Wiener sage und schreibe 1 Minute und 5 Sekunden ab!

Später im Fahrerlager wich der gedemütigte Stohl den Damen weiträumig aus und wäre am liebsten im Boden versunken.

UNVERHOFFT KOMMT OFT

Griechenland. Rudi Stohl hatte sich bei der Akropolis-Rallye wacker geschlagen. Nach dem Rennen wurde er gebeten, einen Herrn zum Athener Flughafen mitzunehmen. Eine Gefälligkeit, die Stohl gerne erfüllte. Auf der Fahrt unterhielt man sich, und es stellte sich heraus, dass der Herr ein recht wichtiger Businessmann aus Deutschland war. Er wollte wissen, wie viel Stohl von den Sponsoren für einen Aufkleber am Rallyeauto bekommen würde. Rudi antwortete: „So zwischen 5000 und

10.000." Der Deutsche war entsetzt, dass es so wenig sei. Beim Aussteigen am Flughafen bedankte sich der Herr bei Stohl und überreichte ihm seine Visitkarte. Er solle sich melden, alles andere würde er erledigen. Stohl rief bald darauf an, und es stellte sich heraus, dass es sich bei der Firma um „British Tobacco" mit Sitz in Hamburg handelte. Der Herr am Telefon erklärte dem verblüfften Stohl ohne große Umschweife, dass er einen Sponsorvertrag mit der Zigarettenmarke HB bekäme. Und zwar 50.000 für das erste Jahr. Stohl konnte sein Glück kaum fassen. Die eigentliche Überraschung war, dass Stohl auf der Fahrt nach Athen von fünf- bis zehntausend Schilling gesprochen, der Deutsche allerdings immer in D-Mark gedacht hatte. Und so war auch dieser Sponsorvertrag 50.000 D-Mark wert! Die Partnerschaft währte lange und der Nichtraucher Stohl trug für 10 Jahre das HB-Pickerl an seinem Auto.

- **RUDI STOHL**
  Rallyefahrer, geboren am 21. April 1947 in Wien.
- **ERFOLGE:**
  1. Platz Gruppe A in Argentinien 1983
  Vizeweltmeister Gruppe A 1986

CLAUS SCHÖNHOFER MIT FRANZ WITTMANN

ANGSTHASE

Die Idee war ganz einfach: Für ein Fitness-Magazin wollte ich herausfinden, wie viele Ängste ein Normalsterblicher aussteht, wenn er, im Beifahrersitz festgeschnallt, einem professionellen Rallyefahrer ausgeliefert ist.

- **DIE MITWIRKENDEN IN DIESER GESCHICHTE:**
  Lancia Delta HF Turbo 4 WD, 235 PS
  Franz Wittmann, x-mal österreichischer Staatsmeister, EM-Zweiter, WM-Dritter, Holzkaufmann und Golfplatzbetreiber
  Gerhard Albrecht, damals Manager eines Fitness-Centers, Opfer Nummer 1
  Claus Schönhofer, Co-Autor dieses Buches, Opfer Nummer 2
  Dr. Scheithauer, Arzt mit tragbarem EKG

1987 im Frühjahr ... um 14 Uhr traf das *Fit-and-Fun*-Team in Ramsau/NÖ ein ... vor dem Haus der weiße Lancia ... machte trotz der vielen Sponsor-Pickerln einen beinahe serienmäßigen Eindruck. Erst bei näherer Betrachtung bemerkte man den Unterschied ... relativ schmale grobstollige Schotterreifen ... Überrollkäfig ... unter dem Blech Gruppe-A-Technik.

Bevor wir zur Tat schritten, wollte uns Franz junior (heute selbst erfolgreicher Rallye-Pilot) sein Schaf vorstellen, und wir mussten auf den Berg hinterm Haus klettern. Rosi hieß es und war schwarz.
14.45 Uhr, Dr. Scheithauer hängte Franz Wittmann und Versuchskaninchen Gerhard ans EKG, um die Herzfrequenz im Ruhezustand zu messen.
15.00 Uhr, Eselbach, Wittmanns private Schotterstraße. Gerhard auf dem Beifahrersitz legte die Gurte an. Franz startete den Motor und los ging's. Mit Vierradantrieb beschleunigte der Lancia auf Schotter ähnlich bestialisch wie auf der Straße. Im Zeitraffertempo jagte Wittmann

den Wagen den Berg hinauf, warf das Auto mit einem Gegenschwung ums Eck und zog ohne erkennbaren Geschwindigkeitsverlust aus unserem Blickfeld.
Nach einigen Minuten – wir hörten nur das furchterregende Geräusch vom Krieg Gummi gegen Schotter und das Plärren des Auspuffs durch den Wald hallen – rasten sie wieder auf uns zu. In der letzten sanften Biegung ließ Franz vermeintlich die Kontrolle über den Wagen verlieren und schlitterte (absichtlich) über die Wiese neben der Strecke, um den laaaangen Drift über den frischen Klee vor unseren Füßen mit einem 180-Grad-U-Turn zu beenden.
Beide raus aus dem Auto und sofort ans EKG. Und jetzt waren wir alle baff. Der Franz hatte nach den Anstrengungen des Fahrens erwartungsgemäß erhöhten Puls, aber der Gerhard, dem eigentlich das Herz in die Hose hätte gerutscht sein sollen, wies dieselben Werte auf wie vor der Höllenfahrt. Seine Erklärung im O-Ton: „Warum hätte ich mich aufregen sollen? Der Franz ist sicher nicht von ungefähr einer der besten Piloten der Welt und die Strecke kennt er in- und auswendig. Außerdem hat er sicherlich keine Lust, einen Unfall zu bauen, und wird daher keinen Blödsinn machen." So viel Vertrauen war wohl das größte Kompliment oder einfach grenzenlose Blödheit.

Das Ergebnis war möglicherweise zu subjektiv, also stellte ich mich für verwertbare Referenz zur Verfügung. Scheiße, war das unbequem im Beifahrersitz. Die Gurte waren so eng, dass ich kaum atmen konnte. Keine Bodenteppiche? Kein gepolsterter Dachhimmel? Was war das denn für eine Karre? Das Motorengeräusch klang von innen – verstärkt durch die Vibrationen des nackten Blechs – noch grauslicher als von draußen. Bevor ich noch über die Tonart nachdenken konnte, wurde ich schon entgegengesetzt zur Fahrtrichtung in den Sitz gepresst. Das Prasseln der aufgewirbelten Steine gegen den Unterboden klang wie Maschinengewehrsalven. Mein Schädel küsste in jeder Kurve den Überrollbügel. Ich war machtlos gegen die Fliehkräfte. Während Witt-

Co-Autor Claus Schönhofer (l.) nach dem glücklich überstandenen Rallye-Höllenritt mit Franz Wittmann (r.).

mann wie der Großinquisitor Straße wie Auto aufs gemeinste folterte, entschuldigte er sich pausenlos, dass es nicht schneller ging. Der Gruppe-A-Lancia hätte leider nicht genügend PS im Vergleich zu den früheren Gruppe-B-Monstern. Wovon redete dieser Mensch eigentlich? Eine Linkskurve schoss auf uns zu. Franz lenkte eindeutig in die falsche Richtung. Und schon brach das Heck nach links aus, um dann sofort nach rechts zu schwenken. Unter normalen Umständen wäre jetzt ein hübscher Dreher mit einem hässlichen Abgang in den Wald angesagt gewesen. Aber hier war gar nichts normal. Noch bevor ich mich in eine erlösende Ohnmacht retten konnte, war die Kurve gemeistert und die nächste Haarnadel angesagt.

Auf der langen Geraden schaltete er in die Vierte. Mit 150 km/h plus schwänzelte der Lancia an den Bäumen vorbei.

Nach der Kuppe war die Straße plötzlich zu Ende. Vollbremsung, 180-Grad-Wende mit Handbremse, also auf der Stelle. Und sofort wieder mit Vollgas die Gerade bergab, zu einer 90-Grad-Rechts. Wunderschöner Blick ins Tal. Der Wagen war halb in der Luft, halb auf der Piste. Bei dem Gerumple dadachte ich nunur, wawas mamacht deder Dedeppertete dada nunur? Dada kokommt gleich didie Kukurve! Mit Topspeed raste Franz auf das Nichts zu. Im allerallerletzten Moment stellte er den Wagen zwischen den Holzstößen am Straßenrand quer. Links und rechts blieben nur wenige Zentimeter Platz. Das Auto rutschte auf den Abgrund zu, aber vor dem großen Plumps gab er Gas und der Lancia fuhr planmäßig in die gewünschte Richtung.

Glücklicherweise hat jeder Albtraum ein Ende, so auch dieser. Das Ergebnis waren schlotternde Knie und Puls am absoluten Anschlag. Woraus man schließen konnte: Einer fährt, der andre schreibt. Seitdem schreibe ich.

- **FRANZ WITTMANN**
  Rallyefahrer, geboren am 7. April 1950 in Ramsau.
- **ERFOLGE:**
  12 x Österreichischer Staatsmeister
  32 Siege in der Rallye-Europameisterschaft
  1 x Sieg in der Rallye-Weltmeisterschaft

DIETER QUESTER

WIE MAN SEINE AUSWEISE „VERLIEREN" KANN

Die österreichische Motorsportlegende Dieter Quester war gemeinsam mit dem Briten Derek Bell, ebenfalls ein ehemaliger Formel-1-Fahrer, auf der Anreise zum 24-Stunden-Rennen im australischen Bathurst. Auf dem Flughafen von Sydney mietete man sich ein Leihauto, um durch die Blue Mountains zur Strecke zu gelangen. Auf dem Weg dorthin auf einer der langen Geraden sprang den beiden ein Känguru vors Auto. Der Zusammenprall war nicht mehr zu verhindern, da lag das arme Tier.

Quester und Bell, beide für jeden Spaß zu haben, wussten, dass bald andere Rennfahrerkollegen diese Straße entlangkommen mussten. Also zogen sie dem Känguru das Sakko von Derek Bell an und lehnten es ans Auto. Gerade als sie sich verstecken wollten, um die verdutzten Gesichter der Kollegen zu beobachten, erwachte das vermeintlich tote Känguru aus der Bewusstlosigkeit, versetzte Quester mit dem kräftigen Schwanz noch einen schmerzenden Schlag und hüpfte mit einigen großen Sätzen zurück in die Wildnis. Natürlich nach wie vor bekleidet mit dem Sakko von Derek Bell!

Beide, also Känguru und Sakko, wurden klarerweise nie wieder gesehen. Was nicht so schlimm gewesen wäre, hätten sich in dem Sakko nicht nur 4.000 Pfund, Kreditkarten, Pass und Führerschein, sondern auch die für das Rennen notwendige Fahrerlizenz befunden.

Deshalb fanden die nachkommenden Kollegen auch ein ziemlich „schmähstades" Duo am Straßenrand vor.

Denn damit fingen die Schwierigkeiten erst an. Die Polizei wollte die Geschichte nicht glauben und fühlte sich von den beiden verarscht, die Renn-Organisatoren wollten sie wegen der fehlenden Lizenz nicht starten lassen usw., usw.

Natürlich lief auch der „Häkel" unter den Kollegen. Quester/Bell wurde in „Kangaroo-Racing-Team" umgetauft, beim nächsten Rennen bekamen sie eine eigene Kollektion sowie einen neuen Helm geschenkt. Das Logo darauf?

Klarerweise ein Känguru mit Sakko ...

Castrol
BMW
ATOMIC
BOSCH
RECARO
Dieter Quester
ATOMIC
mono ceram
adidas

DAS PHANTOM DER RENNSTRECKE

1983 fuhr Quester gemeinsam mit Gerhard Berger ein Tourenwagen-EM-Rennen in Donington, GB. Quester hatte aus Amerika vom Halloweenfest eine Phantommaske, also eine Gruselmaske aus Gummi, mitgebracht. Als Berger diese Maske sah, schlug er ihm eine Wette vor: „Wenn du diese Maske im Training anstelle des Helms trägst, bekommst du 100 Pfund von mir." Quester wusste natürlich, dass dies streng verboten war, weil Helmpflicht herrschte.

Dennoch wollte er auf diesen Spaß nicht verzichten. Er zog die Maske aber erst in der Auslaufrunde nach dem Qualifying über und fuhr so eine Runde. Die Streckenposten und Kollegen, die ihn sahen, krümmten sich vor Lachen, weniger allerdings die Rennkommissäre im Ziel. Da war Schluss mit dem britischen Humor, Quester bekam für das Rennen am nächsten Tag Startverbot, für drei Monate wurde ihm die Rennfahrerlizenz entzogen und darüber hinaus musste er 2000 Pfund Strafe zahlen. Demgegenüber standen lediglich die 100 Pfund von Gerhard Berger sowie der Spaß, über den die beiden heute noch lachen.

- **DIETER QUESTER**
  Auto-, Motorboot- und Motorradrennfahrer, geboren am 13.Mai 1939 in Wien
- **ERFOLGE:**
  Unzählige Siege in unzähligen Rennen in unzähligen Rennklassen. Darunter Motorboot Europameister, 4x Tourenwageneuropameister etc.

Mit der Maske verdiente sich Dieter Quester 100 Pfund, aber handelte sich jede Menge Ärger ein.

I ROLAND KÖNIGSHOFER

Es ist interessant, wie viele Sportler uns Geschichten über ihre Anreisen zu diversen Bewerben erzählt haben. Offenbar trifft der Spruch „Wenn einer eine Reise tut, dann kann er was erzählen“ im Spitzensport ganz besonders zu.

Auch Roland Königshofer hat da einiges ganz besonders in Erinnerung …

FLUG-TURBULENZEN

„Rad-Weltmeisterschaften Colorado Springs/USA 1986. Meine erste Reise nach Amerika! Im Jumbo von Frankfurt nach New York saß ich neben meinem Kollegen Paul Popp.

Die Maschine war voll, die Sitze eng. Ein Horror für sensible und bewegungsgewohnte Radfahrerbeine! Insbesondere wenn der Vordermann seine Lehne zurückklappt. In diesem Fall ohne vorher irgendwie Kontakt mit dem Dahintersitzenden aufzunehmen und um Verständnis zu bitten. Nein, noch dazu mit ordentlichem Schwung …

Paul schaffte es trotz der dadurch entstehenden Enge nach einiger Zeit, dem Drang, sich zu beschweren, nachzugeben und mit einigen Verrenkungen seine Knie am Vordersitz abzustützen, um ein wenig Abwechslung in die Beinhaltung zu bekommen. Das ging auch eine Weile gut, bis er sich wieder mal bewegte und der vor ihm sitzende junge Mann sich dadurch offensichtlich gestört fühlte. Jedenfalls war so etwas Ähnliches wie ein Fluch zu hören, den er mal so in den Flugzeugbauch stellte. Paul zeigte sich davon wenig beeindruckt und überging das Ganze.

Als er sich nach einiger Zeit wieder bewegte, kam mehr Dynamik in die Sache. Die Mutter des Vordermanns, die vor mir saß, nahm die abermalige Beschwerde ihres Sohnes sehr ernst und schüttete auf Verdacht einen Becher Wasser nach hinten – den mehr ich als Paul abbekam.

Paul revanchierte sich mit einem kräftigen Tritt seiner trainierten Beine gegen den Vordersitz. Der bereits aufgebrachte Vordermann wurde wie von einem Katapult aus seinem Sitz gehoben. Diesen

Schwung nutzte er für eine 180-Grad-Wende, um nach einem Augenblick über Paul zu hängen und mit aller Gewalt auf ihn einzudreschen! Paul hatte keine Chance, sich aus seiner eingeklemmten Position zu befreien. Es gelang ihm aber irgendwie, seine Beine zur Verteidigung einzusetzen. Mit Erfolg, denn ein Tritt saß perfekt am Auge des rasenden Amerikaners. Dass er Amerikaner war, erkannten wir an den gebrüllten Kraftausdrücken mit 4 Buchstaben (f... und s...), die jeden seiner Schläge begleiteten.
In der Zwischenzeit hatte sich auch die Mutter auf ihrem Sitz umgedreht und versuchte, auf mich einzuschlagen – aufgrund der mangelnden Beweglichkeit der resoluten, aber doch schon betagten Dame blieb ich von ihren Attacken weitestgehend verschont. Aber nicht von ihren Flüchen. Seither weiß ich auch, was der ‚böse Blick' ist.
Ich wusste gar nicht, wie mir geschah. Ich war ja an sich gar nicht beteiligt, wollte mich auch nicht unbedingt einmischen und konnte auch Paul nicht helfen, da alles sehr beengt war. Noch dazu ging alles sehr schnell. Genauso schnell wie aus einer der hinteren Reihen der texanische Heumarktkämpfer ‚Big Bad Bobby' sich beauftragt fühlte, hier zu schlichten. Es wurde plötzlich finster, als BBB seinen mächtigen Körper über die beiden Kampfhähne beugte und jeden von ihnen mit einem Arm in die Höhe zog.
Als sich die schlimmsten Emotionen gelegt hatten, erschien der Kapitän auf der Bildfläche und drohte mit Notlandung – über dem Atlantik?
Jedenfalls setzten sich alle wieder in ihre Sitze und verharrten die letzten Stunden des Fluges in Frieden.
Bei der Passkontrolle am JFK-Airport war das Thema schon fast wieder vergessen. Bis uns plötzlich einige Sheriffs gezielt aus der Warteschlange herausholten. Also auch mich und unseren Teamleiter Rolf Slavik.
Wir wurden aufsehenerregend abgeführt und (angeblich) vor einen Schnellrichter gestellt. Na, ganz schön, dachte ich mir, noch nicht mal eingereist und schon verhaftet. Die Szene war alles andere als lustig! Vor allem, da wir auf dem riesigen Flughafen wenig Zeit bis zu unserem Anschlussflug hatten und der Schnellrichter immer wieder den drohenden Satz ‚into the jail' in unsere Richtung sagte.

Irgendwie war es aber doch auch lustig. Der Ami hatte durch Pauls Tritt mittlerweile ein perfektes blaues Auge. Paul selber hat nicht allzu viel abbekommen. Die Mutter war wieder völlig außer sich und punktete damit nicht wirklich zu ihren Gunsten.
Nach einigem Hin und Her und wahrscheinlich einer Eintragung in die Watchlist sind wir dann doch entlassen worden und sind zum weit entfernten Gate gerannt, um unseren Anschlussflug zu erreichen. Das ist uns im letzten Moment auch gelungen, und wir sind herzlichst empfangen worden von unseren Kollegen, die sich vor Lachen nicht mehr halten konnten. Wir waren jedoch so spät dran, dass unsere Plätze schon vergeben waren und wir uns daher mit bequemen, breiten Sitzen der Business-Class ‚begnügen' mussten."

ENGLISH FOR RUNAWAYS

„Zwischenlandung in St. Louis. Unser Nationaltrainer, der Pole Karol Madaj, reklamierte ein fehlendes Gepäckstück in St. Louis einem völlig verdutzten Gepäckträger gegenüber lautstark mit den bis heute legendären Worten: ‚Won Koffa no!!!'"

EINE ENTE TAUGT NICHT ZUR BETREUUNG

„Es war in meinem ersten Jahr als Radrennfahrer in der Kategorie Junioren (17/18-Jährige – 1979) ... Junioren-Europacup nach Kufstein ... Zeitfahren und ein Straßenrennen mit starker internationaler Beteiligung. Daher nutzte ich die Möglichkeit, mit dem Junioren-Bundestrainer Walter Müller, der die besten Österreicher dieser Jahrgänge beobachten wollte, mitzufahren.
Walter Müller kam aus Wien und ich wartete an der Autobahnauffahrt in St. Pölten. Zu meiner Überraschung hatte er schon einen anderen Kollegen an Bord. Und das in einem Citroën 2CV, also einer Ente, ohne Gepäckträger!

Mit einem souveränen Sieg feierte Roland Königshofer 1988 beim Finallauf die erfolgreiche Verteidigung des Amateur-Radbahn-Steher-Europacup im Wiener Dusika-Stadion.

ÖAMTC
74

Jetzt kann man sich vorstellen, wie 3 Personen samt Gepäck für 2 Tage, 2 Straßenräder, Ersatzmaterial etc. in dem Innenraum verstaut wurden. Nein, man kann es sich nicht vorstellen: Es war die Rückbank ausgebaut, das sperrige Gepäck geschlichtet hinter der Vorderbank. Und da ich ja als Letzter zustieg, war für meinen Körper nur mehr ein ungepolsterter Hohlraum vorhanden, der durch den Kofferraumdeckel zu erreichen war.

Die Fahrt von St. Pölten nach Kufstein bei Gegenwind, bei dem die Ente fluglahm wurde, zog sich endlos. Aber irgendwann erreichten wir Tirol und ich wurde völlig starr aus dem Kofferraum gezogen. Ich war trotzdem sehr motiviert, denn Müller gab schon auf der Hinfahrt die Devise aus: ‚Wer die besseren Resultate von euch zwei Fahrern hat, der sitzt am Heimweg vorne.'

Da ich beim Straßenrennen keinen Vereins-Betreuerwagen hatte, übernahm Walter Müller meine Betreuung. Er fuhr ja immer hinter der Spitze, und dort wollte ich mich ohnehin aufhalten – was mir auch gelang.

Leider hatte ich dann einen Reifenschaden, hob die rechte Hand (das Zeichen für Hinterraddefekt) und fuhr noch irgendwie ohne Luft im Reifen so lange am Ende des Feldes, bis Müller mit seiner Ente endlich bei mir auftauchte.

Da er sowohl Betreuer als auch Fahrer des Wagens war, dachte er, es ginge schneller, neben mir (und nicht wie sonst üblich hinter mir) zu halten und mir einfach das Laufrad durchs Seitenfenster zu reichen. Ich sollte den Defekt selber beheben.

Die Idee war ja in dieser unprofessionellen Situation gar nicht so schlecht. Ich begriff auch sofort, was er wollte. Nur der erste Fehler war, dass er mir ein Vorderrad reichte, das ich natürlich sofort lautstark ablehnte! Es verging wertvolle Zeit, bis er hinter der Sitzbank ein Hinterrad ertastete. Währenddessen rollte er auf der steilen Straße rückwärts bergab, weil er vergessen hatte, auf die Bremse zu steigen. Das Hinterrad war endlich gefunden – natürlich nicht meines, sondern das vom Kollegen, aber egal – und dann, ja dann kam das Highlight!

Ein 2CV hat Seitenscheiben an den vorderen Türen, die horizontal in der Mitte geteilt sind und nach außen und oben weggeklappt werden

können, um dann oben einzurasten. Echt cool – nur die Öffnung, die dabei entsteht, ist genau um einen Zentimeter kleiner, als ein Laufrad groß ist …
Man stelle sich folgende Szene vor: Ein Radfahrer mit Puls 200 steht draußen und reißt an einem feststeckenden Laufrad. Drinnen sitzt ein Bundestrainer mit mittlerweile auch nicht weniger Puls und schiebt nach Leibeskräften. Die Ente wackelt inzwischen bedrohlich von einer Seite auf die andere. Zum Glück kann man das Ding wirklich nicht umschmeißen, mich aber schon! Als der Reifengummi dann plötzlich doch nachgab und sich durch das Fenster quetschen ließ, flog ich in hohem Bogen in den Straßengraben. Dort wechselte ich schwitzend und fluchend mein Hinterrad.
Ich kam wieder ans Feld heran und platzierte mich unter den ersten 10. Mein Kollege übrigens nicht.
Daher war ich beim Heimfahren in Superstimmung – no na – nicht nur weil der Kollege seine Sünden im Kofferraum abbüßte, sondern weil diese Aktion von einer ganzen Menge anderer Betreuer fußfrei verfolgt wurde und der Walter Müller so was von auf der Schaufel war.
Später hatte ich dann übrigens selber zweimal einen 2CV als Zweitwagen – was habe ich diese Wagen geliebt!“

- **ROLAND KÖNIGSHOFER**
  Radrennfahrer, geboren am 24. Oktober 1962 in Neunkirchen.
- **ERFOLGE:**
  29 x Österreichischer Staatsmeister in verschiedenen Disziplinen zwischen 1987 und 1990
  Europacup-Gesamtsieger im Steher
  1989 bis 1991 Weltmeister im Steher
  Königshofer ist verheiratet, seine Frau Monika war in den 1980ern Nationaltorhüterin der österreichischen Damen-Handballmannschaft. Der Sohn Lukas ist österreichischer U-21-Fußball-National-Torhüter.

I FRANZ STOCHER

EINLAUF IN FLORIDA!

Es war ein Urlaub am Saisonende, den vier junge Radrennfahrer gemeinsam gebucht hatten. Richard S., Alex B., Georg T. und Franz Stocher. Nicht nur Key West, die Everglades, Cape Canaveral oder Disney World wurden besucht, natürlich stand auch einer der zahlreichen Wasserparks am Programm. Das Quartett, das es gewohnt war, sich auf fingerdünnen Reifen die steilsten Straßen hinunterzustürzen, hatte den Wasserpark mit den ausgewiesenermaßen mörderischsten Rutschen ausgewählt.

Eine dieser adrenalinsteigernden Wasserbahnen hieß „Kamikaze Diver“ und war „just for adults“. Erwachsen waren sie, deshalb mussten sie unbedingt da runter. Es ging ja lediglich schnurgerade nach unten. Keine Kurven. Zu Beginn allerdings beinahe senkrecht, im freien Fall quasi, und dann in einem flachen Bogen in tiefer werdendem Wasser auslaufend. Das etwa 50 cm tiefe Wasser der Rutsche sollte die „Slider“ am Ende der Fahrt mehr oder weniger behutsam abbremsen.

Bevor es losging, gab's noch eine kurze Einschulung: Hände vor der Brust verschränken und fest an den Körper pressen. Die Beine gestreckt und über den Füßen kreuzen. Zurücklehnen und los.

Der Reihe nach warfen sie sich in die Tiefe. Und ehrlich gesagt: Der Kick war mächtig. Das „behutsame“ Abbremsen sah so aus, dass man aus einer Geschwindigkeit von ca. 80 km/h relativ flott gestoppt wurde und das Gefühl aufkam, als würde es einem die Pobacken über die Schulterblätter ziehen. Als Letzter ging Georg T. an den Start. Aufgrund einer Unachtsamkeit riss es dem Tiroler die Beine weit auseinander. Mit großen Augen stieg er aus dem Becken. Auch er zeigte sich begeistert! Nur stank es plötzlich so sehr, als sei ein Kanal übergegangen. Da war aber keiner.

Ruck, zuck, völlig unerwartet und mit zwei braunen Spuren an den hinteren Oberschenkeln, sprang Georg ins Kinderbecken daneben und blieb dort ruhig mit ziemlich sanftem Gesichtsausdruck ein paar Minuten zwischen den lieben Kinderlein liegen. Man kann sagen, er trieb dort sehr relaxed im seichten Wasser. Was dort sonst noch trieb, kann man sich vorstellen ...

- **FRANZ STOCHER**
  Bahn-Radrennfahrer, geboren am 23. März 1963 in Wien.
- **ERFOLGE:**
  28 x Staatsmeister
  1 x Weltmeister
  Weltcup-Gesamtsieger 1995
  „Österreichischer Radsportler" 2001 und 2003

GEORG TOTSCHNIG & MARIO TRAXL

HERR TOTSCHNIG, BITTE EINE FRAGE!

Bei einem Trainingslager des Nationalteams Anfang der 1990er in Tirol durfte eines Abends eine Volksschulklasse zu Besuch kommen. Die Kinder waren total aufgeregt, ihre vorbereiteten Fragen an die Sportler von ihren Helden selbst beantwortet zu bekommen.
Mario Traxl, nicht nur einer der damaligen Leistungsträger im Team, sondern auch einer der größten Spaßvögel, flüsterte einem der Buben heimlich und unbemerkt etwas ins Ohr. Kurz darauf meldete sich der Junge mit einer Frage an den Tiroler Georg Totschnig: „Herr Totschnig, wia kaunn ma mit so kurze Fiaß so schnö radlfoan?"

Gerhard Totschnig (Mitte) und Mario Traxl (rechts) gemeinsam am Siegerstockerl des Amateur-Radklassikers Wien–Gresten–Wien (1993).

Georg wollte schon ansetzen, die Frage zu beantworten, bevor er doch noch Marios Streich bemerkte. Nicht nur Mario, sondern auch der Rest des Teams krümmte sich vor Lachen, was der kleine Volksschüler gar nicht verstehen konnte ...

- **GEORG TOTSCHNIG**
  Radrennfahrer, geboren am 25.Mai 1971 in Innsbruck
- **ERFOLGE:**
  Österreich-Rundfahrt-Sieger 1993, 2000
  Etappensieger bei der Tour de France 2005

- **MARIO TRAXL**
  Radrennfahrer, geboren am 30.Mai 1964 in Münchendorf
- **ERFOLGE:**
  Österreichischer Straßenmeister 1989, 1994

WOLFGANG STEINMAYR & RUDI MITTEREGGER

DAS ÜBERSETZUNGSPOKER

Der Glockner – der Berg der Berge – sollte wieder einmal die Entscheidung über den Sieg bei der Österreich-Rundfahrt bringen. Wolfgang Steinmayr lag gerade mal 20 Sekunden vor seinem ewigen Rivalen Rudi Mitteregger. Genauso viel wie man für den Etappensieg als zusätzliche Zeitgutschrift gewinnen konnte.

Nun war Mitteregger nicht nur ein starker Kletterer, sondern vor allem ein exzellenter Abfahrer, und das Etappenziel lag unmittelbar am Fuße des Glockners. Daher musste Steinmayr einen deutlichen Vorsprung beim Anstieg herausfahren, um bei der Abfahrt nicht überholt zu werden.

Bei schweren Bergen wurden die Übersetzungen von den Fahrern individuell zusammengebaut, um die optimalen Gänge – sowohl beim Klettern als auch beim Abfahren und im Zielsprint – zu haben. Damals waren am Hinterrad maximal sechs Gänge üblich, während heute elf Übersetzungen bereits Standard sind. Dadurch war es notwendig, manchmal einen Kompromiss zu finden oder zu pokern.

Wie beim Pokern war es sehr hilfreich, dem Gegner in die Karten zu schauen.

Aufgrund der Übersetzung war es möglich abzulesen, wann eine Attacke lanciert werden sollte oder wie selbstbewusst und stark er den Berg angehen würde.

Steinmayr und Mitteregger hatten jeder schon zweimal die Rundfahrt gewonnen. Ein dritter Sieg würde klare Verhältnisse schaffen. Die beiden waren nicht nur Rivalen, sondern auch Freunde und teilten sich ein Zimmer. Natürlich versuchte Rudi seinem Freund Wolfgang seine Übersetzungsstrategie zu entlocken. Verständlich, dass dieser sie nicht preisgeben wollte. Lügen wollte Steinmayr auch nicht, also griff er zu einer List, indem er sich Mittereggers Neugier zunutze machte.

Er wickelte einen Zahnkranz mit der falschen Übersetzung in ein Tuch und versteckte ihn so unter seinem Kopfpolster, dass Mitteregger es

sehen musste. Steinmayr verließ das Zimmer, um Mitteregger die Gelegenheit zu geben, ein bisschen zu spionieren.
Nächster Tag. Erst als die Startvorbereitung abgeschlossen war und der Countdown begonnen hatte, wurde der richtige Glockner-Zahnkranz auf Steinmayrs Fahrrad montiert. Dabei erwähnte Steinmayr so nebenbei, dass es sich um eine andere Übersetzungskombination handelte als die unter seinem Kopfpolster.
Die Psyche von Rudi war derart angeschlagen, dass er bereits am Start knieweich wurde und Wolfgangs schärfster Konkurrent somit – zumindest mental – bereits geschwächt war.
Obwohl Steinmayr auf dieser Etappe sogar noch einen Defekt hatte, schaffte er es, wieder zu Mitteregger aufzuschließen, und das Glockner-Duell konnte beginnen. Seite an Seite stürmten die beiden den Glockner hinauf.
Wolfgang hatte nicht nur bei der Bergankunft die Nase vorn, sondern besiegte auch nach der Abfahrt bei einem Kaisersprint auf der Zielgeraden Rudi um Reifenbreite und konnte seinen dritten Rundfahrtsieg fixieren.

STRATEGISCHE INDISKRETION

Wolfgang Steinmayr: „Es war die Österreich-Rundfahrt 1976, als man den Großglockner aus dem Streckenplan gestrichen hatte, um Ausländern wieder einmal die Möglichkeit zu geben, bei der Österreich-Rundfahrt siegreich zu sein. All die Jahre vorher war es Ausländern nie möglich, die Rundfahrt für sich zu entscheiden, weil entweder Rudi Mitteregger oder ich beim Klettern nicht zu schlagen waren. Jeder von uns beiden hatte schon mehrfach den Glocknerkönig erkämpft. Bei dieser Rundfahrt musste ich eine ganz besondere Taktik erarbeiten. Sie war relativ leicht, mit nur schnellen und eher flachen Etappen, und somit war es für einen Kletterer immens schwierig, einen Vorsprung herauszufahren.
So wusste ich, dass bei der Etappe über den steirischen Präbichl nach Klagenfurt am Fuße des Berges ein Durchfahrtssprint wartete und hier zwei Zeitsekunden vergeben wurden. Bei dieser Bergabfahrt vom Präbichl war ich in einer Dreiergruppe mit einem Italiener und Rudi Mitter-

egger und habe mir aus dem Windschatten heraus diesen Sprint mit zwei Sekunden Zeitgutschrift erkämpft. Dass diese zwei Sekunden für den Rundfahrtsieg entscheidend sein können, hatte damals niemand geahnt – außer mir selbst. Am nächsten Tag ging es von Lienz nach Innsbruck, und es war mein Ziel, auf die Hungerburg (Bergankunft) meinen Vorsprung auszubauen. Was ich nicht ahnte war, dass sich bereits am Felbertauern eine Acht-Mann-Gruppe verabschiedet hatte, ich diese also nie mehr sehen würde und somit auch keine Zeitbonifikation mehr erarbeitet werden konnte. Noch dazu musste ich von Lienz bis Innsbruck voll arbeiten, weil der Italiener, der im Gesamtklassement zwei Sekunden hinter mir lag, darauf wartete, bis ich eine Schwäche zeigte, um mir dann diese Sekunden abzunehmen.

Ich wurde nach der Acht-Mann-Gruppe Neunter auf die Hungerburg und hatte in einem leidenschaftlichen Sprint den Italiener besiegt, der 190 Kilometer lang an meinem Hinterrad geklebt hatte. Am Abend kam der Trainer zu mir und meinte, dass diese zwei Sekunden zu gering wären, um darauf einen Rundfahrtsieg aufzubauen. Daher würde morgen der Österreicher Humenberger attackieren und mit einer Gruppe, die vorher zusammengestellt werden würde, ausreißen. Dadurch wäre es möglich, einen österreichischen Doppelsieg zu lancieren, weil der Italiener ja ausschließlich auf mich schauen würde und nicht so sehr auf diese Ausreißergruppe. Wenn ich damit einverstanden wäre, würde der Italiener Olivetto somit Dritter und es würde einen österreichischen Doppelsieg geben. Ich gab unserem sportlichen Leiter zwar meine Zustimmung, dachte jedoch in keiner Sekunde daran, mich dieser Wahnsinnsidee zu beugen und mir so meinen Rundfahrtsieg nehmen zu lassen.

Deshalb bin ich anschließend in höchst geheimer Mission ins Quartier der italienischen Nationalmannschaft gegangen und habe den Fahrern den ausgetüftelten Plan unseres polnischen Trainers Pruschi mitgeteilt. Die Italiener waren natürlich sehr dankbar, denn sie wollten unbedingt nach Möglichkeit den zweiten Platz bei der Österreich-Rundfahrt belegen. Durch die Preisgabe meinerseits war somit sichergestellt, wenn Humenberger ausreißt, dann würde auf jeden Fall Olivetto sofort mitgehen, und ich musste natürlich auch mitfahren, denn ansonsten würde der Italiener die Rundfahrt gewinnen. Dem Italiener war es wichtig, bei dieser Rundfahrt hinter mir Zweiter zu werden. Somit war also für den nächsten Tag sicher, dass Humenberger bei dem geplanten Ausreißversuch durch meine ‚Indiskretion' mit den Italienern nie wegkommen würde und ich mich diesen taktischen Varianten des Trainers auch offiziell nicht unterwerfen würde.

Das Hauptaugenmerk der Italiener richtete sich somit auf Roman Humenberger, und jedes Mal, wenn Humenberger attackiert hatte und meinte, er könnte mit einer Gruppe wegkommen, waren vier Italiener an seinem Hinterrad. Er wunderte sich natürlich, warum die so scharf auf ihn waren.

Tatsache war, dass ich durch diesen Schachzug mit den Italienern meinen Rundfahrtsieg abgesichert hatte und als Rekordsieger der Österreich-Rundfahrt in die Geschichte eingegangen bin. Dass diese zwei Sekunden über sechs Tage hinweg gehalten haben, hat zu diesem Zeitpunkt niemand außer mir geglaubt."

- **WOLFGANG STEINMAYR**
  Radrennfahrer, geboren am 6. September 1944.
- **ERFOLGE:**
  4 x Österreich-Rundfahrt-Sieger
  6 x Sieger des Bergrennens „Quer durch Lausanne"

- **RUDI MITTEREGGER**
  Radrennfahrer. geboren am 27. November 1944
- **ERFOLGE:**
  3 x Österreich-Rundfahrt-Sieger

I GERRIT GLOMSER

BIER VERLEIHT KEINE FLÜGEL

Gerrit Glomser gewann 2002 und 2003 die Österreich-Rundfahrt. Bei welcher dieser Rundfahrten sich die Geschichte zugetragen hat, weiß der Salzburger nicht mehr genau. Vielleicht liegt es ja an den drei Bieren, die er auf dem Kitzbüheler Horn getrunken hatte!?

Nach der schweren Bergankunft wartete im Ziel die Dopingkontrolle auf den erfolgreichen Verteidiger des Gelben Trikots als dem Gesamtführenden der Rundfahrt. Da Gerrit auf der gesamten Etappe wie gewohnt wenig getrunken hatte, musste er ein bisschen nachhelfen, um die Abgabe seiner Urinprobe zu beschleunigen. Was treibt besser und vor allem schneller als ein kühles Helles? Weil es gut schmeckte, gleich ein zweites, und weil die Zeit drängte, noch ein drittes. Die Eile deshalb, weil mit der einsetzenden Zuschauerabreise per Rad und zu Fuß die Straße für längere Zeit schwer passierbar geworden wäre. Und die Rennfahrer brauchen ihre Erholung im Quartier.

Dank der hopfigen Erfrischung war die Kontrolle berauschend flott erledigt und der Träger des Gelben Trikots konnte sich wieder auf die Talfahrt begeben. Gerrit, bergab ohnehin kein Kind von Traurigkeit, ließ es vom Gerstensaft enthemmt so richtig krachen. Bis er sich in einer Kurve ein wenig verschätzte. Übermut tut selten gut. Und Bier verleiht eben keine Flügel. Die Kurve machte zu, der Asphalt hörte auf, dafür ragte ein kleiner Fels aus der Straße, den er zielsicher anvisierte. In einem Salto ging es über den Lenker, einen Stacheldrahtzaun touchierend, zwischen einer als Badewanne getarnten Kuhtränke und einem Baumstumpf drei Meter in die Tiefe. Alles wohlgemerkt im Gelben Trikot des Führenden der Österreich-Rundfahrt!

Blutverschmiert setzte er, immer noch beschwipst, seine Höllenfahrt Richtung Kitzbühel ins Hotel fort. Ein Arzt, der in Kitzbühel gerade die Straße entlangging, sah den radelnden „Blutspender" und nahm ihn gleich mit in seine Ordination, um ihn ordentlich zu verarzten.

Der Lohn für unorthodoxe Trainingsmethoden und harte Rennen: Gerrit Glomser, Sieger der Österreich-Rundfahrt 2002 und 2003, umringt von feschen Damen.

Nach mehr als zwei Stunden Verspätung tauchte Gerrit endlich im Teamquartier auf. Der Gelbe war bereits als vermisst gemeldet.
Operation gelungen, Patient Rundfahrtsieger.

EINE KLEINE RADPARTIE

Gerrit Glomser hatte schon mit 16 eine eigenwillige Vorstellung, sich auf Wettkämpfe vorzubereiten. Vor einem Rennwochenende in Purgstall plante er eine für Jugendliche mehr als muntere Radpartie: 1. Tag Salzburg–Glockner–Kaprun, 220 km; 2. Tag Kaprun–Gerlos–Kematen, 200 km; 3. Tag Kematen–Kufstein–Salzburg, 200 km. Ein Tag Pause zu Hause.

Starker Regen am dritten Tag verzögerte allerdings die Heimfahrt und Gerrit fand Unterschlupf bei einem Freund. Durch seine Eltern, die darüber nicht informiert waren, erlangte er eine gewisse „Berühmtheit“. Denn die ließen über den Radiosender Ö3 zur Suche nach ihm ausrufen.

Mit 24 Stunden Verspätung, also am Freitag, war Gerrit zu Hause. Ohne weitere Erholung ging es Samstag in der Früh zu den Rennen nach Purgstall.

Der Trainingsbelastung nicht genug, startete er nicht in seiner Altersklasse, sondern bei den bis zu zwei Jahren Älteren, die er am Samstag prompt bügelte. Dafür musste der Heißsporn beim sonntags stattfindenden Rennen seinem Übereifer Tribut zollen. Gerrit derart „im Eimer“, musste schon nach 15 km vom Rad. Ein rekordverdächtig kurzes Rennen!

- **GERRIT GLOMSER**
  Radrennfahrer, geboren am 1. April 1975 in Salzburg.
- **ERFOLGE:**
  2 x Sieger der Österreich-Rundfahrt
  Glocknerkönig mit Rekordauffahrtszeit

speedo
www.si-e.at

SISSY MAX-THEURER

DIE UNBEKANNTE AUS OBERÖSTERREICH

„Nach einigen Stunden tut dir ohnehin der Hintern so weh, dass du nicht mehr willst!"
Das sagte Vater Josef Theurer zu der kleinen Sissy, als sie an ihrer ersten Reitwoche teilnahm. Das war 1966. Fünf Jahre später wurde Sissy oberösterreichische Jugendmeisterin im Dressurreiten und der Vater musste endgültig einsehen, dass er seine Tochter nicht mehr vom Pferd bekommen würde. Wenn schon denn schon – kaufte er ihr 1968 ein eigenes Pferd, einen kleinen Lipizzaner mit dem Namen Pluto Alda. 1973 bei einem Ausflug ins Lager der Springreiter entdeckte Sissy den Springschimmel „Le Fort" und erhielt als Zugabe einen 3-jährigen Schimmel, der auf den Namen „Mon Cherie" getauft wurde und eine bedeutende Rolle in Sissys Leben spielte, obwohl das Pferd anfangs so eigensinnig und fast nicht zu reiten war.
Hans Max, Reitlehrer und Pferdeausbilder aus Ampflwang, begann Sissy und Mon Cherie zu unterrichten. Nicht schwer zu erraten, verliebten sich Sissy und Hans ineinander und wurden nicht nur zu einem Liebespaar, sondern auch – gemeinsam mit Mon Cherie – zum erfolgreichsten Team in der Geschichte des österreichischen Dressurreitsports.
Nach dem Gewinn des Staatsmeistertitels 1978 qualifizierte sich Sissy für die Europameisterschaft im dänischen Århus. Ziel war ein Finalplatz, um damit die Olympiaqualifikation für Moskau zu schaffen. Dann kam der Tag der Entscheidung. Im Grand Prix Special führte die

Farbbild 1: Amore – Motore – Rogan! Nicht nur in Wien, sondern auch im sonnigen Italien (hier während der Schwimm-Weltmeisterschaften 2009) nutzt Markus Rogan jede Gelegenheit, sich auf eine Vespa zu schwingen.
Farbbild 2: Die österreichischen Tornado-Segler Roman Hagara (r.) und Hans-Peter Steinacher (l.) sichern sich ihren zweiten Olympiasieg in Athen 2004.
Farbbild 3: Die Springreiterin Sissy Max-Theurer auf ihrem Pferd „Mon Cherie" auf Erfolgskurs.

Schweizerin Christine Stückelberger, die seit fünf Jahren ungeschlagen war, das Feld an und gab schon erste Siegerinneninterviews. Fast ganz zum Schluss des Bewerbs ritt Sissy auf Mon Cherie in das EM-Dressurviereck ein und erlebte eine Sternstunde der Reitkunst.

„Als der dänische Sprecher den Tonfall wechselte, wussten wir zuerst nicht, was hier passiert war." Aber als er mit euphorischer Stimme Deutsch zu sprechen begann, verstand Sissy langsam, dass sie gerade den Titel einer Europameisterin gewonnen hatte. Die Top-Favoritin und Grande Dame Christine Stückelberger war nach 5-jähriger Siegesserie von einer unbekannten Österreicherin entthront worden.

BOYKOTT, VALIUM UND GOLD

Die Olympischen Sommerspiele 1980 in Moskau standen wegen des Einmarsches der sowjetischen Truppen in Afghanistan politisch unter keinem guten Stern. Viele Nationen boykottierten die Spiele, indem sie ihre Athleten nicht nach Moskau schickten. Das ÖOC allerdings entsandte Athleten, doch der österreichische Reitverband wollte, dass Sissy freiwillig auf eine Teilnahme verzichtete. Es war eine schwierige Entscheidung für die Theurers, die sich aber letztendlich für eine Moskau-Teilnahme entschlossen.

Nun stellte sich die Frage: Wie kommt Mon Cherie nach Moskau? Niemand Geringerer als Niki Lauda bot seine Hilfe an.

Eine 44-sitzige Fokker wurde so umgebaut, dass Mon Cherie in der Maschine Platz fand. Eine Zentimeterarbeit, denn das Pferd war mit seinen 1,70 Metern eigentlich zu groß für die Fokker. Aber irgendwie schaffte man es, das Ross gleich hinter dem Cockpit zu platzieren.

Mit Mon Cherie hoben vier Techniker, ein extra eingeflogener russischer Navigator, eine Pferdepflegerin, der Tierarzt, der Bürgermeister von Sattledt, Hans Max und die Hauptakteurin, Sissy Theurer, Richtung Moskau ab. Am Flughafen Moskau wurde die „exotische Fracht" bereits von zahlreichen Journalisten erwartet.

Noch nervöser als Sissy war ihr Freund und Trainer Hans Max vor dem Wettkampf. So sehr, dass ihn der Tierarzt von Mon Cherie mit einer Mischung aus Valium und Wodka ruhigstellen musste. Eine Mischung,

die es in sich hatte und Hans Max in einen narkoseähnlichen Zustand versetzte. Zum Glück ließ die Wirkung gerade noch rechzeitig nach. Nachdem alle Sinne bei Hans Max wieder aktiviert waren, spornte er seine Sissy und Mon Cherie zu Höchstleistungen an. Sie gewannen mit 70 Punkten Vorsprung. Gefeiert wurde der Triumph im olympischen Dorf bei reichlich Kaviar und Wodka.
Sissy heiratete ihren Hans und hieß fortan Max-Theurer.

- **SISSY MAX-THEURER**
  Dressurreiterin, geboren am 20. September 1956 in Linz.
- **ERFOLGE:**
  6 x Staatsmeisterin
  Europameisterin und Sportlerin des Jahres 1979
  Olympiasiegerin 1980
  3-fache Finalistin bei OS

WASSER-
SPORT

I MARKUS ROGAN

EIN SONNIGER FEIERTAG MACHT DIEBE

„Es war ein wunderschöner Tag im Juni, ein Feiertag. Das perfekte Wetter, die ideale Gelegenheit, sich im Sattel der Vespa die Sonne und den Wind ins Gesicht wehen zu lassen. Doch meine Vespa, amore mio, war noch beim Service. Und so saß ich im stickigen Auto und steckte im Stau.

Aber als Sportler lernt man: Wo ein Wille, da ein Weg.

Als ich so im Stau stand und zu ersticken drohte, beschloss ich, einen Weg zu finden, doch noch Vespa zu fahren.

Prompt (oder so prompt es der Stau halt zuließ) fuhr ich zur Werkstatt der Firma Faber, dem Vespa-Importeur. Dort stand meine funkelnde rote Italienerin im frühen Abendlicht unschuldig wie ein Lamm und frisch geserviced vor der Tür. Vor der Tür zwar, aber hinter einem Zaun mit versperrtem Tor. Shit. Aber mein bester Freund war dabei. Und seine Werkzeugkiste zufällig hinten im Auto. Absolut logisch also, der gefangenen Vespa zuliebe, einen Teil des Zaunes rauszuschrauben. Ihr die Freiheit zu geben, um mit ihr in die Abendsonne zu gleiten, wäre der perfekte Abschluss eines herrlichen Tages.

Leider sah uns jemand beim unbefugten Hantieren an dem Zaun. Ich hätte wahrscheinlich auch die Polizei gerufen. Nur hätte ich nicht gedacht, dass sie mit drei Streifenwagen und Hand an der Pistole anrücken würden. Andererseits, wenn zwei Männer, mit Werkzeug bewaffnet, einen 200 Kilo schweren Motorroller schleppend, auf einen zukommen, kann es schon sein, dass eine Pistole das Selbstvertrauen hebt.

Na ja. Ich musste dem Polizisten (‚Heans, Herr Rogan, g'hörn Si ned ins Wossa?') also erklären, warum ich meine eigene Vespa stehlen wollte. Dummerweise war die gesponserte rote Raketina nicht offiziell meine. Sie war auf den Namen der Firma Faber ausgestellt.

Nun erklären Sie mal sechs äußerst skeptischen Polizisten, zwei reizenden Polizistinnen inklusive, dass Sie tatsächlich eine Vespa, die nicht auf Sie gemeldet ist, an einem Feiertag vom Service abholen, in-

dem Sie einen Zaun aufschrauben und das Teil vom Hof schleppen. Das klang ungefähr so:
‚Ich schwöre Ihnen, es gibt einen Sponsoring-Deal mit Herrn Faber.‘
‚Heast, es Prominenten kriegt owa wirklich alles gschenkt.‘
‚Na wollen Sie vielleicht einmal a Runde fahren?‘
‚Herr Rogan, goschat brauchn S' ned werdn, wie schautn des aus, i in mana Uniform auf Ihra rotn Vespa. Da kennt ja wer manan, sie hobn die Polizei und die Feierweah fusioniert! Schaun S', dass uns Herr Faber anruaft, dann passt des scho.‘
Ich widme diese Geschichte den freundlichen Kollegen von der Polizei, die mir am Ende doch geglaubt haben und mich hoffentlich nicht noch immer charmant auslachen.“

- **MARKUS ROGAN**
  Schwimmer, geboren am 4. Mai 1982 in Wien.
- **ERFOLGE:**
  8 x Europameister
  1 x WM-Silber
  2 x Olympia-Silber

„Ach ja, das hat der Haifisch auch gesagt.“ – „Wer?“ – „Na, der Heinz Fischer.“

(Markus Rogan, nachdem er die 100. Sommer-Medaille bei den Olympischen Spielen in Athen 2004 für das ÖOC geholt hatte.)

„Olympiagold kann nicht so schön sein wie die Freundschaft zum Aaron.“

(Rogan nach dem Schwimmfinale über 200 m Rücken in Athen 2004, als er nach der später wieder revidierten Disqualifikation des siegreichen Amerikaners Aaron Peirsol wenige Minuten als Olympiasieger geführt worden war.)

„Das war a rot-weiß-rote G'schicht, da können die 50 Sterne baden gehen.“

(Markus Rogan bei der Wiener Kurzbahn-EM 2004 nach seinen zwei Goldmedaillen, die er mit österreichischem Umfeld, Trainer und Sponsoren erobert hatte.)

HANS SPITZAUER

IM SEE VERLOREN

Hans Spitzauer gehört unbestritten zur österreichischen Segelelite, immerhin wurde er fünfmal zu Olympischen Spielen berufen (1988, 1992, 1996, 2004, 2008), um unter der rot-weiß-roten Flagge zu segeln.
Aber auch einem erfahrenen Seebären kann einmal ein Missgeschick passieren. So geschehen Ende der 1980er auf dem Neusiedler See. In seinem Finn-Dingi war Hans auf einer Trainingsfahrt zwischen Neusiedl und Podersdorf unterwegs. Der Wind blies kräftig, und Hans trug eine 20 Kilo schwere Gewichtsweste, um dem Winddruck im Segel mehr Gegengewicht bieten zu können, damit das Boot nicht kentert. Es ging flott dahin, aber bei einem waghalsigen Manöver verlor Hans das Ruderblatt, was das Boot unsteuerbar machte. In tiefem Gewässer wäre es ein Problem, mit der schweren Weste zu schwimmen, doch im seichten Neusiedler See stieg Hans einfach von Bord und watete zu dem auf dem Wasser treibenden Steuerteil. Irgendetwas hatte der routinierte Segler übersehen. Was das war, wurde ihm schlagartig klar, als er sich umdrehte, um zu seinem Boot zurückzukehren. Das war nämlich schon wieder unterwegs Richtung Heimathafen in Neusiedl. Wie einem ungezogenen Hund rief und pfiff er seinem Boot nach. Doch das reagierte nicht und ließ sich mit offenem Segel von dannen treiben. An Nachgehen oder gar Schwimmen war schon allein wegen der Gewichtsweste nicht zu denken. Da stand er nun, der Hans, im halstiefen Wasser, mit dem Ruderblatt in der Hand. Mitten im See. Ein Anblick, dass Neptun sich hätte erbarmen können, auch wenn der eigentlich für das Meer zuständig ist.
Da tauchte ein Segel in der Ferne auf. Hans schwenkte Arme und Ruderblatt über seinem Kopf, damit der Segler auf ihn aufmerksam werden würde. Der dachte zwar zuerst an eine Halluzination, wurde aber doch neugierig und steuerte auf die winkende Figur mitten im See zu. Die Verwunderung, einen Mann mutterseelenallein mitten im See stehen zu sehen, war offenbar so groß, dass der Retter völlig vergaß, Fahrt wegzunehmen, und Hans mit dem Kiel des Kajütseglers beinahe einen neuen Scheitel gezogen hätte.

Die Österreicher Hans Spitzauer und Andreas Hanakamp kurz vor dem Ziel der 6. Wettfahrt der Star-Klasse bei den Olympischen Spielen 2004 in Athen.

Hans rief ihm zu, ein Tau auszuwerfen, was dieser nach einem Wendemanöver auch prompt tat. Allerdings vergaß er abermals, langsamer zu werden. Hans schnappte zwar das Seil, wurde aber wie in einem Actionfilm bei voller Fahrt in einer Gischt aus braunem Neusiedler Seewasser nachgezogen. Um nicht darin zu ertrinken, musste der Gequälte loslassen. Erst beim dritten Versuch gelang die Bergung.
In der Zwischenzeit saßen Spitzauers Schwester und sein Betreuer beim Kaffee in Neusiedl. Sie sahen Hans' Segelboot von der Terrasse aus vorbeischippern, nicht ahnend, dass es sich um ein Geisterschiff handelte.
Einige Zeit später lief auch Hans in seinem „Rettungsboot" im Hafen von Neusiedl ein, wo sich schon eine Menschentraube um das herrenlose Segelboot gebildet hatte. Der Erklärungsbedarf war groß und die

Geschichte Anlass genug, eine Flasche von einem sehr guten burgenländischen Roten zu leeren.

VERFOLGUNGSJAGD MIT ANHÄNGER

Zu der vorhergehenden Geschichte passt die folgende, die einem Segelkameraden von Hans Spitzauer widerfuhr.

In den späten 1980ern waren Stefan Schurich (Olympiateilnehmer 1992) und Markus Piso nach einer Weltcup-Regatta in Holland auf dem Heimweg nach Österreich. Auf der langen Autofahrt, die wegen des Segelbootes am Anhänger eine langsamere Gangart verlangte, wechselten sie sich am Lenkrad ab. Einer fuhr, der andere schlief in der Zwischenzeit auf der Rücksitzbank. Am Walserberg wurde noch einmal getankt. Während sich Markus mit dem Zapfhahn beschäftigte, verließ Stefan schlaftrunken und nur mit Shorts und T-Shirt bekleidet mal kurz den Wagen, um sich zu erleichtern. Als er zurückkam, war das Auto fort. Mit Markus. Der hatte gar nicht mitbekommen, dass Stefan gar nicht mehr im Fond des Wagens lag, und hatte die Fahrt fortgesetzt.

Ohne Geld, ohne Pass und im Prä-Handy-Zeitalter ohne Möglichkeit, seinen Kollegen aufzuhalten, stand Stefan ziemlich blöd da.

Unerwartete Hilfe kam in Person von Christian Binder daher. Der war ebenfalls gerade auf dem Heimweg. Er schmuggelte Stefan irgendwie über die Grenze. Hilfsbereit nahm er den Hilflosen an Bord – seines Wagens – und nahm die Verfolgung von Markus Piso auf. Da auch Binder sein Segelboot am Hänger mitführte, konnte er aber nicht so auf die Tube drücken, wie es notwendig gewesen wäre, um Markus noch rechtzeitig vor Mondsee einzu- bzw. zu überholen, denn Binder war in Mondsee zu Hause und nicht sehr erpicht darauf, dem Verfolgten bis Wien zu folgen. Vom Walserberg bis Mondsee sind es nur rund 40 Kilometer, da zählte jeder km/h. An der Grenze des Vertretbaren und jenseits des Erlaubten bretterte Binder über die Westautobahn. In der letzten Kurve vor der Autobahnausfahrt Mondsee schaffte er es, Markus zu überholen, der seinen Augen nicht traute, als ihm aus dem Seitenfenster des anderen Wagens sein Kumpel Stefan zuwinkte, der eigentlich hinten schlafen sollte.

Kurzum, man traf sich auf einem Parkplatz, Stefan bedankte sich bei Christian Binder, wechselte das Auto, und das für etliche Kilometer getrennte Paar setzte seine Heimreise wieder gemeinsam fort.
Was die beiden auf dem restlichen Weg gesprochen haben, ist nicht überliefert.

IM HÄFEN VON RIJEKA

Hans Spitzauer war auf dem Weg zu einer Regatta in Kroatien. Allein im Auto, hinten der Hänger mit dem Boot und rundherum nichts als Nebel. Die Fahrt zog sich quälende zehn Stunden, und Hans war völlig erschöpft, als er endlich gegen Mittag in Rijeka ankam.
Mit letzter Kraft schaffte er es, sein Quartier zu finden. Ein Haus, das er mit Luca Devoti, Silbermedaillen-Gewinner bei Olympia 2000 in der Finn-Dingi-Klasse, und drei Seglern aus Ungarn und Polen teilen musste. Eigentlich wollte Hans nichts anderes als so schnell wie möglich ins Bett. Doch seine Mitbewohner wollten die Ankunft des neuen Gastes erstmal ordentlich begießen. Wie kann man bei so viel Herzlichkeit „Nein" sagen?
Wenige Stunden später war ein Dutzend Flaschen Wein geleert, ein Ende der spontanen Feier aber nicht in Sicht. Denn einer der Polen hatte noch eine eiserne Reserve im Auto. Er kam mit einem Kanister voller Schnaps zurück. Starkes, sehr starkes Zeug! Nur vage sind Spitzauers Erinnerungen an das, was dann geschah. Vom Hochprozentigen inspiriert, hatten die Männer die Idee, einen Brüll-Wettkampf auszutragen. Die Regeln waren sehr simpel: Wer am lautesten aus dem Fenster des Hauses brüllen konnte, durfte ein Stamperl trinken. Und so schrien sich die munteren Gesellen zur Freude der Nachbarn die Kehlen heiser, bis sie vor Erschöpfung zusammensackten.
Dass ihr Tun und Treiben nicht ungehört und damit auch nicht folgenlos bleiben würde, ahnten wohl die Männer aus dem Osten und versteckten sich auf dem Dachboden. Guter Instinkt, denn kurz darauf polterte die Polizei an der Tür. Der illuminierte Hans und der blaue Luca wussten gar nicht, wie ihnen geschah, als sie von den Gesetzeshütern auf die nächste Wache gebracht und in die Ausnüchterungszelle gesteckt wurden.

In seinem Dusel störte das Hans recht wenig, konnte er doch endlich schlafen. Doch aus seinen friedlichen Träumen wurde er rüde um drei Uhr in der Nacht gerissen und gemeinsam mit Luca vor die Tür gesetzt. Immer noch nicht nüchtern, machten sich die beiden auf die Suche nach ihrer Unterkunft. Bis zum Morgengrauen schwankten sie durch die Straßen von Rijeka, bis sie endlich vor ihrem Haus standen.
Die Regatta, die in wenigen Stunden gestartet werden sollte, wurde glücklicherweise wegen der zu heftig blasenden Bora abgesagt. Wahrscheinlich hätte keiner der trinkfreudigen Spießgesellen sein Boot gefunden geschweige denn entern können.

- **HANS SPITZAUER**
  Segler, geboren am 1. März 1965 in Wien.
- **ERFOLGE:**
  Olympiateilnahme 1988, 1992, 1996 in der Finn-Klasse, 2004 und 2008 in der Star-Klasse
  Weltranglisten-Erster, Weltmeister, Europameister, mehrfacher Österreichischer Meister
  5-facher Kieler-Woche-Sieger
  Ist Geschäftsführer von Championships (www.championships.at) sowie Management- und Outdoortrainer.

HANS-PETER STEINACHER & ROMAN HAGARA

AUF DIE HARTE TOUR

In der Segelnation Australien wurden österreichische Segler nicht besonders ernst genommen. Dort gibt es doch nur Berge und kein Wasser. Dass Zell am See, der Geburtsort von Hans-Peter Steinacher, nicht Zell am See heißen würde, wenn es nicht an einem solchen liegen würde, ging in der Übersetzung stets unter. Außer Schifahren hatte man den Österreichern höchstens noch Segelfliegen zugetraut. Das sollte nach Olympia in Sidney schlagartig anders werden. Bei den Spielen 2000 schlugen Hans-Peter Steinacher und Roman Hagara in der Tornadoklasse die hoch favorisierten Australier Bundok/Forbes auf ihrem Heimgewässer.

Spätestens nachdem Steinacher und Hagara in Athen als erstes Team zum zweiten Mal in Folge die Goldene in dieser Disziplin holen konnten, rissen sich die Medien um die beiden Österreicher. Viele Journalisten wollten mit an Bord des Katamarans, um zu sehen, wer da eigentlich die meiste Arbeit hat: der Wind oder die Segler.

Einer, der es wissen wollte, fiel schon nach 2 (!) Sekunden aus dem Trapez. Und es sollte nicht nur bei diesem einen Mal bleiben.

Ein anderer, Flo Marl, ehemaliger Eishockeycrack, sah seine Aufgabe bei einer Testfahrt als Vorschoter mit Roman Hagara als Klacks. Mit ausreichend Muckis ausgestattet dachte der 90-Kilo-Athlet, dass eher die Leine reißen würde, bevor ihm die Kraft ausginge.

Die Schoten, die bedient werden müssen, haben sehr hohe Zugkräfte. Um die gewünschte Segeleinstellung zu erzielen, ist der Zug an den Tauen auf einer Skala von 1 bis 12 eingeteilt.

Roman forderte eine 10. Der bullige Passagier zog mit beiden Händen und mit voller Kraft bis 6 auf der 12-teiligen Skala. Wonach Roman sich nach etwa 10 Sekunden zu fragen traute: „Ist das alles?"

Die unter Schmerzen hervorgepresste Antwort war: „Ich spüre meine Hände nicht mehr!" Daraufhin nahm Roman mit seinen 62 Kilo Lebendgewicht die Schot mit einer Hand und zog bis auf 10. Die größte Enttäuschung im Sportlerleben des Journalisten war somit besiegelt.

- **HANS-PETER STEINACHER**
  Tornadosegler, geboren am 14. Mai 1947 in Wien.
- **ERFOLGE:**
  Olympiasieger 2000 und 2004
  Fahnenträger der österreichischen Olympiamannschaft bei der Eröffnungsfeier der Sommerspiele 2008 in Peking

- **ROMAN HAGARA**
  Tornadosegler, geboren am 30. April 1966 in Wien.
- **ERFOLGE:**
  Olympiasieger 2000 und 2004
  Weltmeister 1999 und 2 x Vizeweltmeister 2000, 2001
  4 x Europameister
  Ehrenbürgerschaft der Stadt Athen

BRITTA LLEWELLYN-GREBE

WAS SPITZENSPORTLERINNEN WÄHREND DER BABYPAUSE SO MACHEN

Der österreichische Wasserschistar Britta Llewellyn-Grebe hatte von 1990 bis 1995 alle Europameisterschaften im Springen gewonnen. 1996 durften ihre Konkurrentinnen wieder Hoffnung schöpfen, denn Britta war schwanger. Es war klar, dass sie diese Saison würde abschreiben müssen. Das hatte sie auch vor, doch ihre Schwangerschaft verlief so sensationell problemlos, dass die Gmundnerin noch fünf Tage vor der Geburt auf dem Schi stand. Die Geburt war nicht weniger sensationell und dauerte gerade mal 50 Minuten. Sensationen drei und vier: Die junge Mutter wog nach der Geburt fünf Kilo weniger als vor der Schwangerschaft und konnte bereits nach drei Wochen wieder mit dem Slalom- und Trickschi-Training auf dem Wasser beginnen. Nur sieben Wochen später wagte sie ihre ersten Sprünge über die Schanze. Der Übereifer wurde mit einer fürchterlichen „Brez'n", bei der sie sich einen Bruch des Steißbeins zuzog, bestraft. Obwohl diese Verletzung äußerst schmerzhaft war („Fast wie bei der Geburt"), pausierte Britta nur eine Woche. Nach einem Besuch beim Teamarzt und einer Spritze ging es wieder aufs Wasser.

Trotz der raschen Genesung und der positiven Trainingsentwicklung war die EM, die kurz bevorstand, nach wie vor kein Thema. Die ehrgeizige Britta wollte kein Risiko eingehen, sich nach sechs Titeln en suite im Springen mit einem zweiten Platz zufriedengeben zu müssen.

Ihr Ehemann Jaret – selbst Weltmeister im Wasserschi – und Coach Tanguy hatten dafür vollstes Verständnis. So schien es zumindest vorerst. Beide wussten, dass Britta super in Form war. Also begannen sie ihr zuzureden, wenigstens im Slalom oder Trickschi eine Medaille zu holen.

Die Überredungskünste waren erfolgreich. Wenig später ging es mit dem drei Monate alten Dorien zur EM nach Dänemark. Was die junge Mutter nicht wusste: Jaret und Tanguy hatten heimlich ihre Sprungschi

DANSKIN

ins Gepäck geschmuggelt. Nach einem 3. Platz im Slalom waren Ehemann und Coach überzeugt, dass Britta auch im Springen stark genug für einen Spitzenplatz war. Wieder versuchten sich die beiden in der hohen Kunst der Überredung. Niemand würde in der Babypause viel von ihr erwarten, aber eine Medaille in der Kombination wäre gerade in diesem Fall besonders hoch zu werten und so weiter. Britta ließ sich erweichen und nahm im Sprungbewerb teil. Allerdings nicht ohne Plan, denn für sie kam kein anderer Platz als der erste in Frage.

Nach der Ausscheidung wollte sie nicht Erste sein, denn das würde bedeuten, im Finale als Letzte springen zu müssen. Da würde sie sehr wahrscheinlich die Nerven verlieren, zu hart probieren und alles versauen.

Mit dem vierten Rang im Vorlauf ging der Plan voll auf. Als erste Springerin im Finale konnte sie den anderen vorlegen. Und was für eine Vorlage das war – 41,5 Meter! Daran bissen sich die nächsten zwei die Zähne aus. Gefahr drohte nur noch von Elena Milakova, der damaligen Weltrekordhalterin im Springen.

Jetzt ging es nur darum, ob die Russin der enormen nervlichen Belastung als letzte Starterin gewachsen war.

Milakova musste beim ersten Sprung vor der Schanze auslassen, sie hatte zu spät geschleudert und hätte die Schanze nicht mehr getroffen. Beim zweiten Sprung, wieder sehr spät, kam sie fast zum Sturz. Einen Sprung hatte sie noch – nervenzerreißende Minuten auch für Britta. Dritter Sprung von Elena – 41,2 m. Gold für Britta Llewellyn-Grebe.

Sohn „Zwetschgi“ Dorien schlief während der aufregendsten und wichtigsten Momente in Mamas Karriere seelenruhig und wachte erst in Brittas Armen auf der obersten Treppe des Siegespodestes auf.

Eine aktive Baby-„Pause“: Britta Llewellyn-Grebe mit Sohn Dorien am Siegerstockerl, nachdem sie 1996 bei der Wasserschi-EM in Dänemark die Goldmedaille gewonnen hatte.

DIE BARFUSS-SCHLÜMPFE

Britta, ihr Mann Jaret und sein Coach Mike Ferraro, einer der angesehensten Trainer im Wasserschi-Zirkus, wohnten eine Zeit lang in einer Bungalow-Anlage an einem Wasserschiteich in West Palm Beach, Florida. Ihre Nachbarn war eine Gruppe von Barfußfahrern (Wasserschifahrer ohne Schier). Die Jungs waren zwar sehr nett, aber von „echten" Wasserschifahrern werden „Barfußler" ein bisschen belächelt – es herrscht eine ähnliche Philosophiekluft wie zwischen Schifahrern und Snowboardern.

Mike war ein Scherzkeks, der kaum eine Gelegenheit ausließ, jemandem einen Streich zu spielen. Die Barfußfahrer mit ihrer immer gleichen Tagesroutine waren willkommene Opfer. Untertags Training – am Abend Entspannen im Whirlpool.

An jenem Abend sollte sie eine Überraschung erwarten. Mike mischte blaue Farbe ins Wasser des Whirlpools. Nach Sonnenuntergang war das kaum zu erkennen. Völlig ahnungslos setzten sie die müden Sportler mit einem Bier ins sprudelnde Wasser. Britta, Jaret und Mike saßen am Beckenrand, plauderten mit den Burschen und konnten es kaum erwarten, dass endlich der Erste die blaue Farbe bemerken würde. Doch die entspannende Kombination von Whirlpool und Hopfensaft zeigte Wirkung und die Burschen gingen schlafen, ohne zu merken, dass sie nicht nur blau vom Bier, sondern auch von Kopf bis Fuß blau waren.

Erst am nächsten Morgen entdeckten die Barfußler, dass sie aussahen wie die Schlümpfe.

- **BRITTA LLEWELLYN-GREBE**
  Wasserschiläuferin, geboren am 12. Jänner 1965 in Gmunden.
- **ERFOLGE:**
  54 x Staatsmeisterin
  10 x Europameisterin
  7 WM-Medaillen
  2 x Weltmeisterin am Wasserschilift im Springen
  ehemals Europa- und Weltrekord im Springen 52,5 Meter
  Verheiratet mit dem kanadischen Wasserschi-Weltmeister Jaret Llewellyn, ein Sohn. Lebt seit 1993 in den USA und coacht Wasserschiläufer auf der ganzen Welt.

USCHI PROFANTER

DER ERSTE EINDRUCK

Uschi Profanter war die schnellste Wildwasser-Kanutin Österreichs und versuchte sich auch in der Kajakdisziplin Flachwasser. Sie stellte sich so gut an, dass sie bei den Junioren-Weltmeisterschaften in Rom nicht nur im 1er-Kajak starten durfte, sondern zugleich auch in allen Mannschaftsbooten wie im 2er- und 4er-Kajak.
Als Wildwasserspezialistin hatte sie damals überhaupt keine Ahnung von den Regeln in dieser olympischen Disziplin und sich auch nicht wirklich dafür interessiert. Das sollte sich rächen.
Uschi ging für ihren ersten internationalen Flachwasser-Auftritt in der Disziplin Kajak 1er an den Start. Besser gesagt, sie wollte, denn zu einem Start ist es leider nie gekommen, weil sie diesen durch intensives Aufwärmtraining versäumt hatte.
Dass durch dieses Versäumnis dann aber alle österreichischen Damen, die in den Mannschaftsbooten genannt waren, mit ihr disqualifiziert wurden, war hart. Alles umsonst! Die ganze Mannschaft musste unverrichteter Dinge aus Rom abreisen.
Trotz dieses – sagen wir mal etwas untertreibend – „nicht sehr guten" ersten Eindrucks blieb „Wildwasser-Uschi" auch dem Flachwasser-Verband noch weitere 18 Jahre erhalten und rehabilitierte sich mit Top-Platzierungen bei Olympia und WM.

WER ZU SPÄT KOMMT, DEN BELOHNT DAS LEBEN

In zwei Sportarten erfolgreich zu sein, ist nicht immer ganz einfach. Noch dazu, wenn zwei Großereignisse in verschiedenen Disziplinen im selben Jahr auf dem Programm stehen – wie 1996: Flachwasser bei den Olympischen Spielen in Atlanta und Wildwasser-WM in Österreich.
„... für die Spiele in Atlanta hatte ich nur im Flachwasser trainiert. Leider fanden aber im selben Jahr auch die Wildwasser-Weltmeisterschaften, noch dazu in Österreich, statt. Und ich wollte dieses Großereignis im eigenen Land auf keinen Fall auslassen. Ohne jegliches Wildwasser-

training in diesem Jahr, und dann noch auf einer so anspruchsvollen Strecke wie der Sanna in Tirol – eine wirklich sehr große Herausforderung.

Obendrein konnte ich erst vier Tage vor der Weltmeisterschaft anreisen. Mein Motto war: Entweder geht's oder es geht eben nicht. Der Wasserstand der Sanna sollte auch eine gewisse Höhe nicht überschreiten, denn sonst hätte ich durch mein fehlendes Training überhaupt keine Chance gehabt. Aber schon am ersten Trainingstag führte die Sanna Hochwasser. Man konnte die Steine am Flussboden richtig rollen hören. Nach langen Überlegungen sah ich ein, dass es keinen Sinn machen würde, an den Start zu gehen, und fuhr heim nach Graz.

Natürlich mit einem unguten Gefühl und schweren Herzens, vor allem, weil ich dort schon angekündigt und auch das Leitbild der ganzen Weltmeisterschaft war. Am Tag vor der Weltmeisterschaft rief mich der ORF an, ob ich nicht wenigstens als Co-Kommentatorin dabei sein wollte. Das klang interessant und ich überlegte.

Als aber über Nacht der Wasserstand der Sanna überraschend fiel, setzte ich mich sofort ins Auto Richtung Tirol. Aber nicht als Co-Kommentatorin, sondern als teilnehmende Sportlerin. An diesem Tag fand das offizielle Training statt und nach diesem Ergebnis wurde die Startreihenfolge für die Weltmeisterschaft festgelegt. Allerdings verpasste ich wegen der langen Anfahrt diesen Traininglauf und musste deshalb beim Wettkampf als Erste an den Start gehen. Unangenehm deshalb, weil man mit Startnummer eins ohne jegliche Info über Zeitvorsprung oder Rückstand auskommen muss. Also gab es nur ein Motto: volle Kanne!

Ich musste mich total überwinden. Wegen des fehlenden Wildwassertrainings war ich mit meinem Kajak ziemlich wackelig unterwegs, und gleich auf den ersten paar Kilometern kamen die echten Schlüsselstellen des Flusses. Ich dachte immer nur: Bring dich da sicher runter – und dann einfach nur Vollgas!

Im Ziel verfolgte ich von nun an meine Gegnerinnen. Die Uhr war zu meinem ärgsten Feind geworden, denn bei den letzten paar Damen wusste ich wirklich nicht mehr, ob sich meine bis jetzt gehaltene Bestzeit noch ausgehen würde. Am Schluss waren es wirklich nur noch un-

Anreise mit Hindernissen: Die Steirerin Uschi Profanter bei der Kanu-WM in Landeck/Tirol 1996.

glaubliche 3 Hundertstel Vorsprung auf die Zweitplatzierte. Es war schier unglaublich. Ein Felsen fiel mir vom Herzen. Aber nicht nur mir, auch den Organisatoren dieser WM, denen ich durch meine Heimreise schlaflose Nächte bereitet hatte."

- **USCHI PROFANTER**
  Kajak-Fahrerin, geboren 1968.
- **ERFOLGE:**
  Junioren-Weltmeisterin
  4 x Kajak-Weltmeisterin
  6 x Weltcup-Gesamtsiegerin
  Zahlreiche Top-Platzierungen bei WM und Olympia im Wildwasser und Flachwasser zwischen 1986 und 2002.
  Im März 2008 kam Sohn Lukas zur Welt.

KAMPF-SPORT

HANS ORSOLICS

DER AM HUNGERTUCH NAGTE

Hans Orsolics wurde 1967 Europameister im Halbweltergewicht. Nach zwei erfolgreichen Titelverteidigungen stand ein Jahr später der Kampf gegen den italienischen Herausforderer Bruno Acari bevor.

Orsolics hatte ein Problem: Mit seinen ausgeprägten Muskeln lag er über dem für seine Klasse erlaubten Höchstgewicht von 63,50 Kilo. Also hieß es abspecken, obwohl praktisch kein Speck da war. Gnadenloses Training war angesagt und eine noch gnadenlosere Diät. Stundenlanges Sparring, endlose Dauerläufe, schweißtreibende Saunasitzungen, harntreibende Fußbäder. Zum „Ausgleich" kaum etwas zu trinken, fast nichts zu essen.

Solch eine Rosskur birgt die Gefahr, dass Boxer zwar das Gewichtslimit erreichen, dann aber zu schwach zum Kämpfen sind.

Drei Wochen vor dem Fight brachte Hansi immer noch 3 Kilo zu viel auf die Waage. Er musste sich weiter quälen, weit über die psychische und physische Belastungsgrenze hinaus. Der Menüplan war erbarmungslos. Kein Salz, kein Zucker, keine Kohlehydrate. Es war nicht mehr auszuhalten. Hansi dachte nur noch daran, aus dem Trainingslager abzuhauen.

Eines Abends machte Trainer Karl Marchart wie üblich seinen Kontrollgang und klopfte an Hansis Tür. Keine Antwort war eine gute Antwort, denn er schloss daraus, dass Orsolics schon schlief. Und wer schläft, kann nicht essen. Als er, um ganz sicherzugehen, doch einen Blick ins Zimmer warf, schrillten bei ihm die Alarmglocken. Hansi war weg!

Alle überlegten, wo Orsolics sein könnte, da läutete das Telefon. Am Apparat war die erzürnte Stimme von Mama Orsolics. Wütend beschwerte sie sich bei Marchart darüber, was er mit ihrem Buam angestellt hatte. Der ganz blass und kraftlos sei. Und am Verhungern. Aber

Erfolgreich auch ohne Nulldiät: Hans Orsolics nach seinem siegreichen Europameisterschaftskampf 1967 in der Wiener Stadthalle.

jetzt gehe es ihm wieder besser, denn sie habe ihm sein Lieblingsessen gekocht. Gleich fünf (!) Germknödel habe er verdrückt. So einen Hunger habe er gehabt!
Für Trainer und Betreuer brach die Welt zusammen. In wochenlanger Schwerstarbeit hatten sie den Europameister Gramm für Gramm herunterhungern und -trainieren lassen und dann futtert der „oame Bua" in nur einer Stunde zweieinhalb Kilo rauf.
Wie durch ein Wunder erreichte Orsolics bis zum Kampf doch noch das erforderliche Gewicht. Er schlug sich wacker, aber durch technisches K. o. wegen eines Cuts über dem Auge in der 12. Runde musste er den Titel Acari überlassen.
Als Belohnung für alle Entbehrungen holte sich der Hansi aus Kaisermühlen ein Jahr später den EM-Titel durch einen K.-o.-Sieg über den Franzosen Jean Josselin; übrigens in der nächsthöheren Gewichtsklasse.

- **HANS ORSOLICS**
  Boxer, geboren am 14. Mai 1947 in Wien.
- **ERFOLGE:**
  Europameister im Halbweltergewicht und Weltergewicht

HERMANN BENDL

AUS DEM NÄHKÄSTCHEN GEPLAUDERT

Hermann Bendl, Schwergewichtsboxer aus Wien-Floridsdorf und kein Kostverächter, trinkt gerne Bier und hat's auch mit den Frauen. Auf seinen Wiener Schmäh und den muskelbepackten Körper hat schon so manches Mädel ein Auge geworfen.
So auch bei einem Kampf in Wiener Neustadt. Während in einer Kampfpause in der Ecke sein Trainer auf ihn einredete wie auf ein krankes Pferd, kokettierte Hermann mit dem Nummerngirl. Der Trainer zuckte völlig aus und hielt Hermann eine Moralpredigt der strengsten Sorte. In seiner Rage nicht bemerkend, dass das Publikum alles mithörte. Von des Trainers Worten beeindruckt – oder um die hübsche Nummernträgerin zu beeindrucken –, gewann Hermann den Kampf. Übrigens: Zwischen dem Mädchen und dem Boxer blieb es nicht beim Blickkontakt. Doch das nur nebenbei.

AUFGESTACHELT

Apropos Trainer: Die Legende unter den Boxtrainern, Karl Marchart, war mit der Leistung seines Schützlings im Ring mehr als unzufrieden, weil er sich wie ein Traummännlein zwischen den Seilen bewegte. Gutes Zureden half nichts. So griff der Trainer in der nächsten Pause zu einem drastischeren Mittel: Er rammte dem lethargischen Boxer eine Nadel in die Pobacke! Wie von der Tarantel gestochen warf er sich zurück in den Kampf. Ob das Aufstacheln genützt hat, weiß heute niemand mehr so genau.

- **HERMANN BENDL**
  Schwergewichtsboxer, geboren am 6. März 1969 in Wien.
- **ERFOLGE:**
  Int. Österreichischer Meister
  WBB-WM-Titelfight
  14 Siege, 4 Niederlagen

LUDWIG PAISCHER

DIE GOLDENE BRONZEMEDAILLE

Der Judoka Ludwig Paischer wurde bei der EM in Tiflis 2009 Dritter in der Klasse bis 60 Kilo. Ein Grund zur Freude für die österreichischen Sportfans und Grund für die ORF-Sendung *Sport am Sonntag*, ihn zwei Tage danach ins Studio zu bitten.

Natürlich wollte und sollte er seine EM-Medaille mitbringen.

Vor der Abfahrt zum Küniglberg nahm Ludwig die Medaille aus der Schachtel und wurde stutzig. Die strahlte so hell. Dass Bronze so schön strahlt? Ludwig zeigte sie seinen Eltern, und die waren sich einig, dass das Gold wäre. Er zeigte sie auch noch ein paar anderen Leuten, und alle kamen zu dem Schluss, dass dies eine Goldmedaille wäre. Nun war sich Ludwig aber sicher, den dritten Platz belegt zu haben. Einzige logische Folgerung: Den Augen der Honoratioren hatte wohl das gedämmte Licht in der Halle bei der Preisverleihung einen Streich gespielt und sie hatten ihm versehentlich eine Goldene statt einer Bronzenen umgehängt!

In der Sendung *Sport am Sonntag* erzählte er die Geschichte. Auf die Frage, ob er die wieder hergeben würde, antworte Paischer mit dem Selbstbewusstsein großer Sportler, dass er selbstverständlich schon in Tiflis angerufen hätte. Sie sollten ihm seine Bronzene schicken.

Die Goldene schickte er natürlich umgehend zurück.

- **LUDWIG PAISCHER**
  Judoka, geboren am 28. November 1981 in Oberndorf.
- **ERFOLGE:**
  18 x Österreichischer Staatsmeister
  2 x Europameister
  1 x Olympiasilber

Diesmal war's gleich die Richtige! Der österreichische Judoka Ludwig Paischer präsentiert im August 2008 seine Silber-Medaille bei den Olympischen Spielen in Peking.

ANEKDOTEN AUS DEM ÖSTERREICHISCHEN SPORT

VON UND MIT RAINER PARIASEK

In meiner mittlerweile doch schon langjährigen Reporter-Tätigkeit habe ich natürlich schon so manche Anekdote erlebt. Nicht alle sind zum Weitererzählen, einige will ich Ihnen doch nicht vorenthalten, auch wenn ich dabei, wie in der folgenden, nicht wirklich gut wegkomme ...

Schlussendlich kam doch noch der „richtige" Anton auf die Bühne: Anton Herzog übernimmt stellvertretend für seinen Sohn Andreas von ÖFB-Präsident Friedrich Stickler (r.) die Auszeichnung „Meiste Teameinsätze", die anlässlich der 100-Jahr-Feier des Österreichischen Fußballbundes im August 2004 verliehen wurde.

ORF
ORF
H
90

WIEN

WIEN

WIE TONI POLSTER ZUM VATER VON ANDI HERZOG WURDE

2004 feierte der Österreichische Fußball-Bund sein 100-jähriges Bestehen. Klar, dass der ÖFB dies gebührend und im entsprechenden Rahmen tun wollte. Als Ort wurde die Wiener Staatsoper auserkoren, Gäste waren u. a. FIFA-Präsident Sepp Blatter, UEFA-Präsident Lennart Johansson sowie FB-Größen wie z. B. Franz Beckenbauer und Michel Platini.
Aufgetreten sind u. a. Helmut Lotti, die Wiener Sängerknaben und Zucchero – und die Wahl der Moderatoren fiel auf Arabella Kiesbauer und mich.
Im Rahmen dieses Festaktes wurden auch Österreichs Jahrhundertfußballer Herbert Prohaska, Rekord-Torschütze Toni Polster (44 Team-Tore) sowie der Rekord-Internationale Andreas Herzog (103 Länderspiele) ausgezeichnet.
Alle waren anwesend, bis auf Andi Herzog, der zu dieser Zeit seine Karriere bei Los Angeles Galaxy ausklingen ließ. Deshalb wurde vereinbart, dass sein Vater Anton „Burli" Herzog den Preis entgegennehmen sollte.
Ich kündigte also diese Auszeichnung an, erzählte, dass der Andi in den USA weilte, und rief in Vertretung Andis Vater auf mit den Worten: „Wir bitten auf die Bühne den Vater vom Andi: Anton Polster!"
Schallendes Gelächter in der voll besetzten Staatsoper ... Ich selbst wäre wegen dieses Versprechers am liebsten im Boden versunken. Anton Herzog wusste nicht, ob er jetzt auf die Bühne kommen sollte oder nicht – kurze Verwirrung, mit einem kleinen Gag („Um etwaigen Gerüchten vorzubeugen: Der Vater vom Andi ist natürlich der Anton Herzog!") habe ich versucht, halbwegs die Kurve zu kratzen.

Farbbild 1: Rainer Pariasek sportlich: „Sport am Sonntag" live vom Traunsee mit dem Powerboat-Rennen.
Farbbild 2: Rainer Pariasek beruflich: Gemeinsam mit Herbert Prohaska als eingespieltes Kommentatorenteam live vom Rathausplatz während der EURO 2008.
Farbbild 3: Rainer Pariasek einmal anders: Als Dessman präsentiert er mit seinen ORF-Moderatorinnen-Kolleginnen Isabella Krassnitzer (links) und Miriam Hie (rechts) Sommermode.

Beim anschließenden Gala-Dinner ist Polster dann zu mir gekommen und hat nur gemeint: „Ich möcht mi schön bedanken bei dir, dass i mir jetzt anhören kann, dass i schon so alt ausschau wie der Vater vom Herzog Andi!"

SIE WARTEN NOCH IMMER

Meine journalistische Karriere begann bei der *Austria Presse Agentur*, führte über die Zeitung *Die Presse* zu Radio Wien, dann zu Ö3 und schließlich zum Fernsehen.

Meine erste Live-Erfahrung beim Radio war fast meine letzte. Ich sollte am 26. Oktober, Nationalfeiertag, gemeinsam mit der Wiener Sport-Stadträtin den Startschuss zum alljährlichen „Fitlauf-Fitmarsch" geben. Vorgesehen war, dass man etwa um 8 Uhr 55 zu mir in die WIG Oberlaa schalten würde, dass ich dort einige laufbegeisterte Wienerinnen und Wiener vor dem Mikrofon hätte, eine Frage an die Politikerin stellte und exakt um 8 Uhr 59 Minuten und 55 Sekunden der österreichweite Startschuss zu erfolgen hatte.

Ich – natürlich ohne jegliche Live-Erfahrung – habe mich etwas verplaudert, die Zeit zu wenig beachtet, und genau in dem Moment, als ich sagte: „So, sehr geehrte Frau Stadträtin, darf ich nun bitten, den Startschuss zu geben", hörte ich über Kopfhörer den Gong und die sonore Stimme des Nachrichtensprechers: „Es ist neun Uhr – die Nachrichten!"

Um es kurz zu machen: In diesem Jahr hat es nie einen offiziellen Startschuss zum Fitmarsch-Fitlauf gegeben. Natürlich helle Aufregung im Funkhaus, ich musste mich am nächsten Tag bei einigen Vorgesetzten verantworten, die Karriere war fast beendet, ehe sie begonnen hatte.

Die Kollegen meinten zu mir: „Bist du narrisch, so etwas darf man nie wirklich live machen, das ist viel zu riskant, so etwas nimmt man vorher auf Band auf, dann weiß man die Länge des Einstiegs und kann genau zu den Nachrichten hinspielen."

Das hätte mir halt einer vorher sagen sollen!

Natrülich war ich dann wochenlang „am Schauferl" nach dem Motto: „Du, Rainer, angeblich warten einige noch immer auf den Startschuss, damit sie endlich loslaufen dürfen ..."

SCHALKE 0:4

Es gab Ende der 1980er-Jahre eine Zeit, in der im Ö3-Wecker die Sportmeldungen zur halben Stunde nicht mehr von uns Sportredakteuren vorgetragen werden sollten, sondern von den Wecker-Moderatoren selbst. Diese waren nicht gerade begeistert davon, waren doch die wenigsten wirklich firm mit dem Sport. Und so passierten einige lustige Hoppalas und Versprecher.

Ein legendärer Versprecher war die Verlautbarung des Ergebnisses zwischen Bayern München und Schalke 04: „Im deutschen Pokalfinale gewann Bayern München gegen Schalke mit 0 zu 4 … (kurze Pause) … äh, nein, das ist falsch, das muss der Pausenstand gewesen sein – Bayern gewann mit 2:0!"

Bald darauf wurde im Ö3-Wecker doch wieder auf die Sportmoderatoren zurückgegriffen.

LEIDER KEIN APRIL SCHERZ

Man schrieb den 1. April 1989, ich hatte Frühdienst für den Ö3-Wecker, es war Samstag.

Das Thema an diesem Tag war der Finaleinzug von Thomas Muster in Key Biscayne (Florida) nach einem 5-Satz-Krimi über Yannick Noah. Im Finale wartete nun die Nummer eins der Welt, Ivan Lendl.

Sowohl um 5 Uhr 30 als auch um 6 Uhr 30 machte ich natürlich mit dieser Geschichte auf, immer garniert mit OT's (Original-Zuspielungen). Zwischen 6 Uhr 30 und 7 Uhr 30 bekam ich einen atemlosen Anruf unseres Tennis-Mitarbeiters Richard Oberndorfer, der für uns in Key Biscayne war.

„Rainer, Rainer, den Muster haben s' überfahren!"

„Wie bitte?"

„Der Muster ist von einem Auto überfahren worden!"

Mir war nicht zum Scherzen zumute: „Ha, ha, sehr lustig, der hat ja in der Nacht den Noah geschlagen …"

„Nein, nachher – nach dem Spiel."

„Richard, ich weiß, heute ist der 1. April, aber über so etwas macht man keine Scherze."

„Nein, wirklich, glaub mir!"

Ungläubig, aber etwas unsicher legte ich auf. Schaute in die internationalen Agenturen – kein Wort darüber.
Dann der nächste Anruf von Oberndorfer: „Rainer, bitte, du musst mir glauben – ich schwör, das stimmt."
Da ich die Geschichte noch immer nicht ganz glauben konnte, sagte ich zu ihm: „Okay, wir machen Folgendes, wir gehen jetzt mit einem News-Flash im Ö3-Wecker auf Sendung, ich moderiere dich an, und du erzählst live, was du weißt – und dann werden wir ja sehen, ob du dir die Geschichte auch vor einem Millionenpublikum zu wiederholen traust!"
Der Rest ist leider bekannt, es sollte nicht der letzte Einstieg an diesem Tag gewesen sein, das Thema beherrschte Österreich tage-, wochen-, monatelang.

UNGESCHOREN DAVONGEKOMMEN

Die Olympischen Winterspiele 1998 in Nagano sind aus österreichischer Sicht vor allem durch den Jahrhundertsturz von Hermann Maier bzw. durch seine zwei darauf folgenden Goldmedaillen im SG und RTL in Erinnerung.
Ich persönlich kann mich aber auch an eine andere Begebenheit sehr gut erinnern.
Es war der Schlusstag, Christian Hoffmann holte die Bronzemedaille im 50-Kilometer-Langlauf – es waren mit 3 Gold-, 5 Silber- und 9 Bronzemedaillen sehr gute Spiele für Rot-Weiß-Rot.
Bereits Tradition sind sehr ausgelassene Schlussfeiern im Österreich-Haus, bei denen auch noch meistens die Restbestände an Alkohol „entsorgt" werden.
Es herrschte wunderbare Stimmung im überfüllten Ö-Haus, viele hatten etwas zu feiern, die meisten waren froh, endlich nach Hause zu kommen, und manche versuchten, ihre Enttäuschung zu verdrängen.
So auch an jenem Abend Österreichs Bob-Vierer mit Steuermann Hubert Schösser, Peter Leismüller, Erwin Arnold und Martin Schützenauer, die als Medaillen-Favoriten gehandelt wurden und nur auf Rang 9 landeten.
Nach einigen Bieren kamen die vier auf die glorreiche Idee, sich selbst Glatzen zu schneiden.

Und weil das so lustig war, mussten bald andere dran glauben. Gegenwehr war zwecklos, gegen die 1,90-Meter-Kraftlackeln war kein Kraut gewachsen.
Es kam, wie es kommen musste, plötzlich saß auch ich auf dem „heißen Stuhl", wurde von dreien festgehalten, während sich der Vierte mit Schere und Rasierer näherte. Ich wusste, zu betteln, winseln, schreien war zwecklos, deshalb sagte ich ganz ruhig: „Okay, ihr könnt es machen, aber ich kann dann einige Zeit nicht moderieren – deshalb werdet ihr mir den Verdienstentgang blechen."
Wie durch ein Wunder hat dieser Satz seine Wirkung gezeigt, ich wurde losgelassen und habe dann doch einigermaßen erleichtert relativ schnell das Weite gesucht – bevor sie sich's anders überlegten ...

AUFMERKSAME EHEFRAU

Viele lustige Geschichten habe ich mit meinem sehr geschätzten Chef-Analytiker Herbert Prohaska erlebt.
Da standen wir einmal im Fußball-Studio, waren gerade in der Pause eines Spiels mit der Halbzeit-Analyse beschäftigt, als während der Sendung sein Handy im Sakko läutete.
Zunächst versuchte er es zu ignorieren, doch das Läuten wollte nicht aufhören. Deshalb hektische Suche in den diversen Taschen, endlich gefunden, den Anrufer weggedrückt, verlegenes Entschuldigen.
Als wir das Studio verließen, sagte Herbert: „Ich möchte wissen, welcher Trottel mich während der Sendung anruft."
Den Trottel nahm er sofort zurück, als er am Display den Namen seiner Frau Elisabeth las.
Dabei hatte sie es nur gut mit ihm gemeint. Sie hatte daheim gesehen, dass seine Krawatte schief saß, und wollte ihm das mitteilen, in der Annahme, dass sein Handy ohnehin abgeschaltet sei und sie damit auf die Mobilbox gelangen würde.
Die eigentliche Pointe kommt aber erst: Sie hatte natürlich im Fernsehen daheim das Läuten auch gehört, dachte jedoch, es wäre in ihrem Zimmer und Herbert hätte das Handy zu Hause vergessen. Deshalb ließ sie es auch extra lange läuten, um das Handy zu finden ...

GEPFLEGTE HÄNDE

Herbert Prohaska ist nicht nur ein Mann, der stets tadellos gekleidet ist, sondern auch sonst auf sein Äußeres schaut. Nur einmal wurde ihm seine Körperpflege zum „Verhängnis".

Wir hatten in unserer Sendung u. a. die Cupauslosung geplant. Zu diesem Zwecke kam der Präsident des Wiener Fußball-Verbandes und Vorsitzende des Cup-Komitees Kurt Ehrenberger zu uns ins Studio. Ausgemacht war, dass Herbert die Kugeln zieht, aufmacht und den Zettel an Ehrenberger gibt, der dann den Namen vorliest.

Doch Herbert hatte sich vor der Sendung im Schminkraum die Hände eingecremt, mit einer Creme, die anscheinend nicht wirklich schnell eingezogen war. Auf jeden Fall schaffte er es nicht, die Kunststoff-Kugeln aufzudrehen. Schon mit der ersten kämpfte er eine Zeit lang, ehe Ehrenberger ihm zu Hilfe kam.

Ich merkte, dass Prohaska mir andauernd etwas deuten wollte, da ich jedoch nichts von der Handcreme wusste, konnte ich seine Gesten nicht wirklich verstehen. Ich sage also: „Kommen wir zur zweiten Mannschaft, Herbert, bitte ziehen Sie die zweite Kugel ..."

Mit verzweifeltem Blick der zweite Versuch, der natürlich auch kläglich scheiterte. Dieses Spielchen wiederholte sich noch zweimal – und während ich fast platzte vor Lachen und versucht war zu fragen: „Hast ka Kraft oder Schweißhänd'?", hätte Herbert wohl am liebsten die Kugeln am Boden zerschellt.

Nie mehr wieder hat er sich vor einer Sendung die Hände eingeschmiert, selbst wenn keine Cupauslosung auf dem Programm stand.

WER NICHT HÖREN WILL, MUSS FÜHLEN

Während der Fußball-WM 1998 in Frankreich waren wir natürlich in der Nähe unserer Nationalmannschaft in Margaux stationiert. Als Redaktion und Studio diente das Klubhaus eines kleinen Sportplatzes, das wir exklusiv für uns angemietet hatten.

Nach unserem ersten WM-Studio von dort wurde natürlich sofort ein Ball organisiert und wir machten ein kleines Kickerl. Sehr zum Missfallen unseres Fußball-Chefs Hans Huber, der uns am nächsten Morgen bei der Redaktionssitzung mitteilte: „Ich kann euch zwar das Fußballspielen nicht verbieten, da ihr es in eurer Freizeit macht, aber ich will es nicht, es könnte sich dabei ja einer verletzen und wir sind ohnehin personell sehr knapp besetzt."

Natürlich gingen die Worte bei einem Ohr rein und beim anderen wieder raus, am Abend nach der Sendung das nächste Kickerl. Doch bereits beim Aufwärmen ein lauter Schnalzer, Kollege Wolfgang Koczi krümmte sich vor Schmerzen: Achillessehne gerissen.

Gerade als wir alle um ihn herumstanden, verließ Hans Huber mit dem damaligen Analytiker Josef Hickersberger die Redaktion Richtung Parkplatz. Er sah den sich windenden Koczi und sagte wütend zu Hickersberger: „Schau dir das an, jetzt hat sich wirklich einer verletzt. Ich hab's gewusst!"

Darauf Hickersberger: „Aber Hubsi, die machen doch an Spaß, um dich zu ärgern, weil du das Fußballspielen verboten hast."

Huber: „Meinst wirklich? Okay, dann fahren wir abendessen."

Leider war es kein Spaß, und vor allem am nächsten Tag nicht für uns – bei der morgendlichen Redaktionssitzung.

Wir haben die restlichen zwei Wochen keinen Ball mehr angerührt ...

VON FLIEGENDEN SCHUHEN

Der Doyen der weit über die Grenzen anerkannten ORF-Sportregie war bzw. ist Lucky Schmidtleitner. Viele innovative Ideen, technische Neuerungen, spektakuläre Kameraeinstellungen gingen auf sein Konto. Doch Schmidtleitner war nicht nur ein genialer Regisseur, mit dem ich auch noch etliche Sendungen machen durfte, sondern auch ein begnadeter Schmähbruder. Seine Streiche waren legendär, meist natürlich zum Leidwesen der betroffenen Kollegen.

So war er 1990 mit dem leider mittlerweile verstorbenen Peter Beilner bei der Fußball-Weltmeisterschaft in Italien unterwegs. Nach einem Abendspiel in Mailand war am nächsten Tag zu Mittag die Weiterfahrt nach Rom angesagt. Während Lucky den freien Vormittag für eine Golf-Runde nutzte, ging Beilner in der Mode-Metropole Mailand shoppen.

Beim Treffpunkt zu Mittag erzählte Beilner stolz vom Erwerb eines ebenso schönen wie teuren Paar Schuhe.

Bei einem Tankstopp gelang es Schmidtleitner, unbemerkt einen Schuh aus dem Karton rauszunehmen, um diesen unter dem Sitz zu verstecken.
Als man wieder auf der Autobahn unterwegs war, sagte Lucky: „Du, zeig mir mal deine tollen neuen Schuhe."
Beilner griff nach hinten auf die Bank, öffnete die Schachtel und war entsetzt: „Jetzt haben mir diese Idioten nur einen Schuh eingepackt!" Voller Wut öffnete er das Fenster und warf den Schuh (während der Fahrt wohlgemerkt) aus dem Fenster.
Lucky sagte zunächst kein Wort. Nach 10 Minuten öffnete er ebenfalls sein Fenster, griff unter den Sitz und warf den zweiten Schuh mit den Worten „Na dann brauchst ja den auch nicht mehr" ebenfalls in den Straßengraben. Die darauf folgende, eher einseitige Konversation ist leider nicht druckreif ...
Unser Lucky konnte aber auch sehr schmerzhafte Streiche spielen. Tagelang lief er zur Verwunderung aller mit einem Tischtennisball in der Hand durch die Gänge des Küniglbergs. Er hat ihn am Boden aufgepeppelt, in die Höhe geworfen, an die Wand geworfen und wieder aufgefangen. Nach einigen Tagen kam ihm ein Mitarbeiter von der Technik entgegen.
Schon von Weitem grüßte Lucky sein „Opfer" freundlich, um ihm sodann den Ball mit den Worten „Da, köpfel!" entgegenzuwerfen. Der Arme tat, wie ihm geheißen, nur dass Schmidtleitner den Tischtennisball heimlich gegen einen Golfball ausgetauscht hatte. Man konnte der Beule beim Wachsen richtiggehend zusehen ...
Ein andermal verhalf der durchtriebene Lucky einem doch etwas übergewichtigen Kollegen zu einer Gratis-Fitness-Stunde. Es begab sich bei einem Schispringen auf dem Semmering, zu dem Schmidtleitner, aber auch ein Redakteur mit einer eben erst neu auf den Markt gekommenen Armband-Uhr anreisten. Während sich die beiden lachend darüber unterhielten, dass sie sich praktisch zur gleichen Zeit die gleiche Uhr gekauft hätten, näherte sich der legendäre Radio-Sportchef Edi Finger senior. Dieser, Geschenken in keinster Weise abgeneigt, erkundigte sich natürlich gleich nach dem neuen Zeitmesser. Schmidtleitner schaltete blitzschnell und sagte: „Die gibt´s hier als Pressegeschenk!" Edi Finger:

„Was, wo, die muss ich auch haben. Wo gibt´s die?“ Schmidtleitner: „Ganz oben, auf der Schanze werden die verteilt.“ So mühte sich Finger schnaufend die endlosen Treppen hinauf auf den höchsten Punkt der Schanze. Oben angekommen, versuchte ein verdutzter Startrichter dem armen Finger klarzumachen, dass es hier keine Uhren gebe. Alles unten festgehalten von einer schnell organisierten Kamera. Das Fluchen beim Abstieg war weit über den Semmering hinaus zu hören.

ICH TRÄUMTE VON WEISSEN PFERDEN ...

Bei Großereignissen wie Olympiaden, Welt- oder Europameisterschaften sind natürlich Dutzende Mitarbeiter (Redaktion, Technik usw.) für die Sendungen notwendig.

Auch klar, dass es sich bei den Quartieren – vor allem in kleineren Orten wie Albertville, Lillehammer, Val d'Isère – nicht immer um Luxus-Herbergen handelt, sondern mitunter auch um sehr einfache Pensionen, die schon bessere Tage gesehen haben.

So begab es sich einmal, dass ein ORF-Techniker sein Zimmer bezogen hatte und feststellen musste, dass sich an der Wand ein riesiger Schimmel-Fleck befand, „so groß, dass ich ihn schon streicheln wollte, weil er so groß, schwarz und pelzig wie a Katz' war“.

Abends an der Bar klagte er den Kollegen sein Leid. Die verstanden nicht, warum er dies nicht dem Zimmervermieter mitgeteilt hatte. Darauf der Techniker: „Weil ich nicht weiß, was Schimmel auf Englisch heißt.“

Kurzes Schweigen, weil niemand die Übersetzung wusste, bis einer sagte:

„Geh hin und sag ihm: Excuse me, but I have a white horse in my room.“

UND ES WURDE DUNKEL

Hermann Maier stand im Dezember 2001, nur vier Monate nach seinem folgenschweren Motorradunfall, erstmals wieder auf Schiern. Es waren zwar nur einige Schwünge in seiner Heimat Flachau, doch die genügten, dass plötzlich wieder über eine Teilnahme an den Olympischen Spielen im darauf folgenden Februar in Salt Lake City spekuliert wurde.

Maier selbst hielt sich bedeckt, weil auch er bis zum Schluss die Hoffnung nicht aufgegeben hatte. Klarheit sollte dann eine Pressekonferenz im Jänner beim Hahnenkamm-Rennen in Kitzbühel bringen. Der dortige Pressesaal wurde angemietet, wir vom ORF entschieden uns, die PK nach der Mittags-ZiB um 13 Uhr 15 live zu übertragen.

Das Interesse an diesem Termin war enorm. Hunderte Journalisten aus dem In- und Ausland, Dutzende Fotografen und nicht weniger als 17 Kamerateams drängten in den für diesen Anlass viel zu kleinen Pressesaal. Und fast alle hingen mit irgendeinem Gerät am Stromnetz.

Es war also 13 Uhr 15, Maier wartete noch gemeinsam mit Präsident Peter Schröcksnadel in einem Nebenraum, die Livesendung begann. Ich begrüßte die Zuschauer und erzählte kurz, worum es ging. Dann sagte ich: „Und hier kommt er, Hermann Maier …"

Genau in diesem Moment wurde es finster, alle Leitungen brachen zusammen, daheim wurden alle Bildschirme schwarz. Kompletter Stromausfall, die Stromversorgung war diesem Ansturm nicht gewachsen.

Für uns natürlich sehr peinlich, nach schier endlosen zwei Minuten und dem Insert „Wir bedauern …" gab's zum Glück wieder Strom, die Sendung bzw. die Pressekonferenz konnte beginnen. Hermann musste zwar verkünden, dass die Spiele für ihn noch zu früh kämen, hatte allerdings wieder einmal für eine Inszenierung „à la Herminator" gesorgt.

GÖTZZITAT

Genau bei diesen Olympischen Spielen in Salt Lake City leistete ich mir einen schlimmen Fauxpas. Wir waren vor der Herren-Abfahrt live auf Sendung, es ging bei uns einigermaßen hektisch zu. Dazu kam auch, dass das Programm noch während der Sendung immer wieder geändert werden musste, was bei so einem langen Vorlauf und so vielen verschiedenen Sprechstellen am Start, im Ziel, auf der Strecke usw. immer wieder passieren kann. Der Reporter hat z. B. noch nicht den gewünschten Interviewpartner, an einer anderen Geschichte wird noch geschnitten …

Die Folgen sind immer wieder neue Kommandos aufs Ohr, was an und für sich kein allzu großes Problem darstellt. Mühsam wird's erst dann, wenn dir zwei Personen gleichzeitig aufs Ohr sprechen, und zwar unterschiedliche Dinge.

In dem Fall waren es der Regisseur sowie der verantwortliche Redakteur. Was sich dann folgendermaßen anhörte: Regisseur (während gerade ein Beitrag lief): „Rainer, als Nächster gibst du zum Assinger auf die Strecke." Der Redakteur, der die Kommandos vom Regisseur nicht hörte: „Rainer, als Nächstes sag bitte die Geschichte XY an." Darauf ich: „Na was jetzt?"

Dieses Spielchen wiederholte sich einige Male. Ich war schon einigermaßen genervt und sagte „Wisst's was, jetzt leckts mi aber ..."

Doch leider war ich da bereits im Bild und auf Sendung!!

Ich war am Boden zerstört, es war mir hochnotpeinlich, dazu befürchtete ich Sanktionen.

Es gab auch einige Anrufe beim Kundendienst, eine Zeitung schrieb am nächsten Tag darüber und ich musste mich vor meinem Chef rechtfertigen.

Aber alles in allem hielten sich die Reaktionen im Rahmen. Was vermutlich damit zu tun hatte, dass in diesem Rennen Fritz Strobl die Goldmedaille gewann und mein Ausrutscher schnell vergessen war. Danke, Fritz!

I NAMENVERZEICHNIS

BILDNACHWEIS

Claus Schönhofer privat: 11, 123
Dieter Quester privat: 126
Sissy Mayer-Theurl privat: 148
Britta Llewelyn-Grebe privat: 164

Votava
19, 25, 29, 32, 34, 45, 65, 67, 73, 86, 89, 91, 94, 97, 108, 109, 110/111, 112, 131, 146/147

APA Picturedesk.com:
Günter R. Artinger/APA: 180
Contrast/Ullstein Bild: 54+55
Johann Fesl/APA: 169
Helmut Fohringer/APA: 49
Interfoto: 36
Robert Jaeger/APA: 33, 81, 145
Thomas Jantzen/First Look: 181
Astrid Knie/SBM: 71
M. Leckel/APA-Archiv: 115
Markus Leodolter/APA: 39
Lubej/Ullstein Bild: 74+75
Pavlos Makridis/EPA: 157
Christian Müller: 53
Frank Müller/Action Press: 35
Dieter Nagl/Contrast: 47, 56
ONB-Bildarchiv: 173
Robert Pariger/APA: 76, 79
Thomas Ramstorfer/First Look: 184
Rubra/Brandstätter Rudolf Pressebildagentur: 57
Ali Schafler/First Look: 182+183
Ulrich Schnarr/APA-Archiv: 100
Georges Schneider/APA: 103
Kelly Schöbitz/APA: 136
Klaus Titzer/Contrast: 143
Hans Klaus Techt: 177
Alexander Tuma/Contrast: 10
Ullstein Bild: 15
PressefotoUlmer/Ullstein Bild: 50

TIGER
Hoval
VCZ
MEMPHIS
OAMTC
RADIO